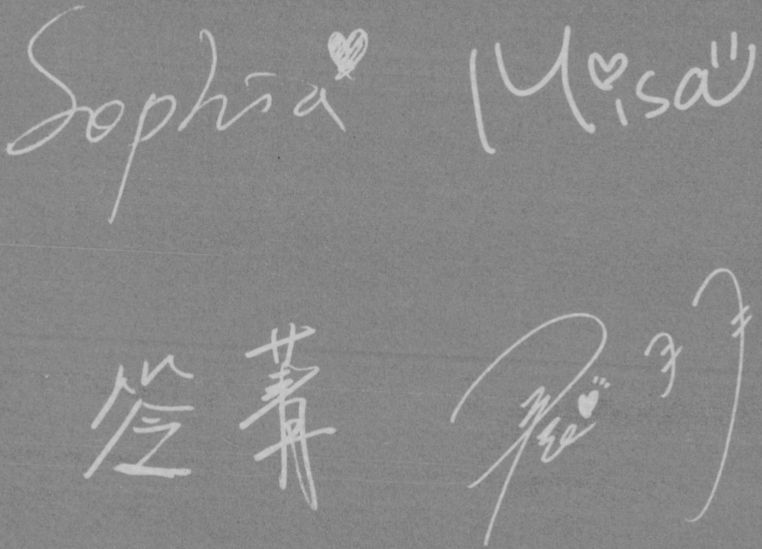
Sophia
Misa

Moment of Falling in Love

Moment of Falling in Love

相愛的瞬間

Moment of Falling in Love

Misa

Sophia

等菁

晨羽 —— 著

目錄

Moment of Falling in Love

喜歡的模樣

／ Misa

如果味道可以具現化的話，你覺得那是什麼模樣？

狗的嗅覺敏感度是人類的十萬至一百萬倍，一般的狗有一點五億個嗅覺細胞，而狩獵犬的嗅覺細胞可達三億個，可以辨別出比人類所能察覺濃度低一億倍的氣味，還能記住各式各樣特別的味道，所以狗在搜救、檢測等工作上，是人類的一大助手。

假設你可以聞到房間一抹香水味，那狗就有辦法在室內體育場內聞到那香水並辨認它的成分。

更神奇的是，牠能夠跨越時間，聞出來往路人留下的軌跡，透過殘留的氣味追查特定對象。

這歸功於狗身上一個獨立的嗅覺器官：梨鼻器。能夠測到其他動物的賀爾蒙，並透過氣味來判斷其他動物是否友善，或是主人的情緒好壞等細微狀態，甚至可以聞出對方是否懷孕、生病等。

說了這麼多，只是要闡述狗的嗅覺真的很神奇，比人類還要神奇。

所以我想，我鼻腔所聞到的氣味，狗一定也能聞到吧。

只可惜狗不會說話，我沒有辦法詢問。

看著眼前搖晃著尾巴的博美犬，我忍不住低聲說：「嘿，你聞到了嗎？你主人的身上，有一股沮喪的味道。」

「妳在說什麼？」博美狗的主人，也就是我的同班同學——張美棋——正歪頭詢問我。

「沒什麼，只是覺得牠好可愛。」我趕緊揉揉博美的頭，露出燦笑。

「是啊，要是我也像牠這麼可愛，惹人喜歡就好了。」張美棋也跟著蹲下，一邊撫摸著小狗的背部。

用顏色來形容的話，大概就是灰色吧。味道聞起來則像是混濁中帶點刺鼻的薄荷，不是清爽的那種薄荷，是刺鼻的。

「妳怎麼了嗎？」所以我詢問。

「咦？怎麼這麼問？」

「妳看起來很沮喪。」其實是聞起來才對，但是我只能這麼講。

「若晴，妳總是能很敏銳觀察到他人的情緒變化呢，我以為我隱藏得很好了。」她扯了嘴角一笑，我也回以一個微笑。

我是言不由衷啊。

「發生什麼事情了呢？」

「我跟學長告白了。」

喔，這件事情啊。

「他拒絕了。」

「嗯。」

「妳怎麼好像不是很驚訝？」張美棋有些疑惑。

「喔，我很驚訝啊。」我說謊了。

「我還以為我跟學長是兩情相悅，大家都說我和學長的感覺很好，學長也很常來班上找我聊天，我是抱著不會被拒絕的心理準備去告白的，但是卻……」

在那刺鼻的薄荷味中，融入了一點苦茶的味道。

「我自作多情了。」張美棋苦笑，我也跟著陪笑。

她會被拒絕，我早就知道了，但我卻不能說。

因為單就外表來看，學長的確也喜歡張美棋，否則就不會照三餐跑來教室找她聊天，假日也不會和她一起出去玩了。

如果我，沒聞到那個味道的話，我一定會這麼認為。

「謝謝妳每次在百般不願意下，還是陪我和學長一起出去，妳真是我最好的朋友。」張美棋的由衷道謝讓我有些良心不安，除了再給她一個笑容以外，我也不知道該做什麼反應。

所以最後，我買了一杯飲料請她喝，當作對她失戀的安慰。

在公園與她道別後，最後她所散發出的味道，讓我想起了草原，或多或少，療癒了一些吧。

「若晴，妳在這裡做什麼？」言褚穿得輕便，手裡還拿著毛巾跟礦泉水，不用聞那充滿在太陽下曝曬後的棉被味道，也知道他剛去運動中心回來。

「和朋友見面。」

「喔，不會是那個喜歡學長，但是學長喜歡妳她卻不知道的炮灰朋友吧？」言褚的表情很討厭，猜測卻很透徹。

「你講話真不中聽。」我皺眉。

「真話難聽啊。」他露出潔白又整齊的牙齒，配上五官分明的臉龐，充分展現了造物主有多不公平。

言褚是我的青梅竹馬，雖說是青梅竹馬，但我們可沒什麼兩小無猜，而是裝滿彼此的秘密，等待時機揭穿讓對方下不了台階。

沒有相愛，只有相殺。

簡單說起來，正是因為知道對方太多秘密與不堪，所以才會是損友，某種程度上，損友也是一種好友。

所以，他也知道關於我的怪事。

「我今天是什麼香水味道？」

「那不是香水。」我作嘔。

「怪了，我說體味妳也不喜歡，說香水也不行啦？」他故意這麼說。

「因為那不是體味，也不是香水。」我澄清。

「我覺得就是啦，人身上的味道，不就是體味嗎？」言褚喝了一口水，「所以呢，我今天什麼味道？」

「……噁心的味道。」

「每次都說是噁心的味道，我才不相信呢。」他哈了一聲。

我死都不會告訴他，是陽光的味道。

「話說回來，如果一個人身上有體臭或是擦了香水，那妳會聞到什麼？」

「情緒的味道還是最強烈的。」我說，而言褚又笑了一聲。

「所以我身上的味道是哪種？」他不死心，又問了一次。

「……是一種健康的味道。」我說，陽光的感覺，給人就是健康。

「又是健康的味道，有人的情緒是健康嗎？」

「因為你老是在運動的關係吧。」我聳肩。

「運動很好啊，健康……啊，又講到健康了，聽起來有點無聊，不過還不錯。」他看了一下手機，「我要回去了，妳呢？」

「我要去一趟書店。」

「真是無聊。」他又說，對我揮了手後離開。

看著言緒的背影，他一次也沒有回頭。

我能聞到自己身上飄來了一點點，像是青草的味道。不是草原，而是青草。

這是一種，孤寂，卻又屹立不搖。

別開了眼神，我往書店的方向走去，也學著不要回頭。

※　※　※

這個能力並不是出生就有的，正是因為它是突然出現，所以我才能發現不一樣的地方。

第一次聞到不一樣的味道，是國中時我和最要好的朋友吵架，她氣得臉紅脖子粗，從她的身上還有我的身上，傳來了強烈的柴火味道。

那個當下，我以為是哪裡在燒柴，但我們所在的地方可是她的房間，怎麼可能會有人在燒柴呢。

所以我很快發現，那味道是來自我們兩人身上。

「妳有沒有聞到什麼味道？」我當下馬上這麼問，但是氣壞了的朋友以為我在轉移話題，壓根不理會我的疑問，不斷質問我吵架的內容。

當她越生氣，她身上所散發出的柴燒味道就越濃烈，反之，我身上的味道卻變淡了。

而當我跟她道歉後，那柴燒味道消失，轉變成另一種如同清水般的無味，她開口：「沒事了，我也要道歉。」

後來，我從相同的人身上，可以聞到不同的味道。在不同人的身上，會聞到相同的味道。

經過了多重的試驗與比對，我明白了那味道是什麼。

是情緒的味道。

我聞到的，是情緒的味道。

至於原因是什麼，我真的不知道，但多虧了這個能力，我能夠馬上察覺每個人的心情，還因此被人覺得是個心思細膩的女孩。

就這一點來說，我覺得還滿不錯的。我可以藉由味道來分辨別人情緒的轉折，上一秒還開心、下一秒變得生氣的原因，是不是因為他人說的某一句話，或是看到了某一個畫面？

只是味道千百種，不是光聞到味道我就知道那代表的情緒是什麼，是經過了觀察和這幾年的經驗，我才有辦法粗略的分辨。

只是情緒是很敏感纖細的，相似的味道可能代表完全不同的情緒，或是相同的味道有好幾種不同的意思。

這是屬於我的秘密，畢竟沒有人會喜歡自己的情緒被他人洞悉，這就像是秘密被人看見一樣。

不過，言褚倒是知道這個秘密。

他會知道的原因也是很戲劇性，是在我發現自己聞到的味道是情緒的味道時，有天我們一起回家，有個喜歡他的女生在後頭跟著我們，她雖然離得很遠，但是身上散發的醋意與憤怒味道卻傳播得遙遠，濃烈得讓我幾乎暈眩。

那是一種很難形容的味道，小時候我曾經到天文館參觀宇宙特展，裡頭有一個各星球的味道模擬，雖然宇宙沒有空氣，但是那是建立在若是宇宙有空氣的情況下，會是什麼味道。

總之，那是一種難聞的沙土與礫石，像是嗅覺被埋沒一樣的窒息。

我好幾次回過頭，但沒有看見任何人，但是那味道卻不曾散去。

「妳一直回頭看什麼？該不會是我的跟蹤狂吧？」言褚開玩笑地說。

「你有跟蹤狂？」我只是習慣性的反問。

但是他卻認真的點頭，「前陣子有喔，別校的女生會一直在後面跟著我，後來我跟對方說清楚了，請她不要再纏著我，所以現在應該是沒了。」他聳肩，「畢竟我之後也沒有再看見她過。」

我咬唇，那個味道只有我聞得到，所以只有我知道她還在。

「那個跟蹤狂有沒有攻擊性？」

「沒有吧，她是女生耶。」

「女生也可以有攻擊性啊。」我這麼說。

「但應該是沒有啦。」言褚擺擺手。

不過他的話在幾天後被推翻，因為那個女生找上我了。

她似乎打算在我等紅綠燈時把我推到路上，不過卻被我閃開了，變成那個女生自己摔到了斑馬線上，好在汽車及時煞車，才沒有把她輾過去，但還是為此受傷住院了。

她雖然想抵賴，但是從監視器畫面可以清楚看見，她在我後面張望很久後，伸手要推我的模樣。

我的家人當然不願意放過這女生，提出了告訴，但因為我們當時都是國中生，所以當然是女生的父母出面解決，最後答應我們搬離這裡，遠離我們的生活。

言褚也一直跟我道歉，我倒是覺得很衰，我只不過是偶爾和他一起回家罷了，因為我是青梅竹馬啊！怎麼就這樣把我當作情敵，還想殺我滅口呢。

雖然那個女生口口聲聲說，她沒有想要怎樣，只是想惡作劇嚇嚇我，那哭泣的臉蛋可以騙過大人，但她的氣味騙不了我。

「妳沒有回頭看居然還能精準閃過，也太厲害了吧，運氣真好耶。」言褚一邊道歉一邊讚嘆著我的靈敏，但是我卻搖頭。

「她身上有強烈的殺意。」

這句話讓言褚先是愣住，接著哈哈大笑起來。

「殺意？妳是推理小說還是偵探嗎？殺意妳是能感覺得到？況且妳知道什麼是殺意嗎？」

「我不是感覺到，是聞到了。」我有些發抖。

正常來講，我不可能明白從來沒有聞過的味道是什麼情緒，可是「殺意」的味道太過可怕，足夠讓我在回想起的時候都起雞皮疙瘩。

那是一種很濃很濃的鐵鏽味道，在下雨的潮濕環境裡，被泥水浸泡的腐爛臭味，令人作嘔得幾乎要吐了出來，也刺鼻得讓人連呼吸都覺得痛，更是會讓我頭皮發麻，在那瞬間我本能地感受到生命被威脅了。

我回過頭，而她正撲來，所以我緊急跳開。

那是我這輩子第一次聞到這種味道，配合著她的動作，還有當我閃過時，與她對眼的那個瞬間，我從她眼底看見了「可惜」。

她是真的想殺我，即便後來在醫院她哭得梨花帶雨向我道歉，那殺意已經消失無蹤，只剩下懊悔與痛苦時，我還是瑟瑟發抖。

因為在她強烈的後悔味道之下，還隱隱約約有著惋惜的殘留氣味。

她是真的想傷害我，就只不過是因為她喜歡言褚。

所以，我將這件事情告訴了言褚。

因為在那個時候，除了言褚，我不知道該找誰說。

「哈哈，妳少騙人了，怎麼可能聞得到情緒的味道？」言褚雙手扠腰，完全不相信。「那妳說說看，我現在身上是什麼樣的味道？我有什麼情緒？」

「抱歉、擔心、後悔、心疼……」隨著我的細數，言褚的臉逐漸僵硬，而我瞇起眼睛，一股難以言喻的濃烈香氣，讓我不太舒服，這是什麼味道？

「還有——」

「等一下！」他大叫，打斷我的話，同時他身上的味道瞬間消散，只剩下緊張的氣味，像是拉緊的弦一樣，有種緊繃的味道，會讓我的呼吸都要被撐開一般。

「現在只剩下緊張了。」我忍不住一笑，「你不要這麼緊張，這味道會讓聞著的我也變得緊張。」

「靠，真的假的，太神奇了吧。」然後剩下崇拜，「怎麼辦到的？」

「我也不知道，有一天就這樣了。」我咬唇，「多虧了這個能力，我才能得救，我這樣應該是超能力少女吧？」

「對，感覺可以去當調查員了。」言褚在病房內來回踱步，「妳有告訴別人嗎？」

「連我爸媽都不知道。」

我聞到了一絲欣喜，像是跳跳糖一樣劈哩啪啦的。

情緒的氣味有時候對我來說，更像是一種感知。

「所以我是唯一一個。」

「畢竟要是我說我聞得到情緒的味道的話，除了不會被相信外，更會覺得隱私被侵犯吧？」我抿嘴，「就像是被讀心了。」

緊張的氣味又來了，但是瞬間消失。

「我懂。」他說，「但還是很酷啊。」又變成了崇拜。

但是在那緊張與崇拜之間的轉換，我聞到了另一種味道。

很輕很柔，很細小。

那是隱瞞。

一種悶悶的，像是被浸濕的毛巾蓋住臉龐一樣。

我不知道在那短短的瞬間，言渚想到了什麼，怕被我發現而選擇隱瞞。

但這又沒有什麼，人本來就有很多事情都會隱瞞他人，或許他不覺得我這能力很酷，或許他只是想到其他事情。

可是當我嗅到「隱瞞」的味道時，也會覺得……難過，然後不免地多想，為什麼要隱瞞我？

如果我聞不到的話，就不會這麼想了。

所以說，聞到情緒的味道，某種程度來講，也不是很好呢。

「是啊，很酷吧。」但我也只能這麼笑，慶幸著還好言赭不知道我在說謊。

而諷刺的是，說謊的味道，居然是一種蜜糖，很甜、很甜，甜到要蛀牙的那種味道。

※　※　※

知道我的能力的，這些年來就只有言赭。

他偶爾會問我不同情緒有著怎樣的味道，並且和我一起模擬，然後去找出現實中的哪種味道最為符合。

像是我們找出了不同程度的生氣，有著怎樣的火味。

柴燒是盛怒，但還沒有到要絕交或是攻擊對方。

露營的營火燒，是一種隱瞞的怒氣，表面還是會微笑。

火柴的味道，則是一種小小的不爽。

而瓦斯爐的火，是一觸即發地爭吵。

其他還有更多不同的火的姿態代表的不同的怒氣味道，總之，很難形容。

我們將這些與現實中對應的氣味資訊記錄在筆記本上，畢竟人的情緒千百種，要記下來每一種也不容易。

我們將本子的名稱取作《香水的模樣》，不只聽起來很美，要是有人不小心翻到了，也會以為我們只是在做香水味道的研發。

目前本子已經累積了三本，才發現我和言褚共享了這個秘密後，自己也輕鬆了許多。

有趣的是，在分享了我能聞出情緒的氣味這個秘密後，我和言褚之間也開始會分享自己的事情。

「所以妳說那個學長身上的味道是怎樣？」言褚打開了新的本子，並寫上《香水的模樣4》的標題。

「就……聞了不是很舒服。」我扁嘴。

「妳是說喜歡的氣味是吧？」他帶著打趣的笑容看著我。

「嗯……」我嘆氣。

雖然說殺意的味道讓人很不舒服，但畢竟殺意不是天天都有。而「喜歡」的這種情緒，卻充斥在各個地方，那味道讓我覺得很不舒服。

「哪有人會對喜歡的味道有意見，不是應該很甜蜜嗎？」言褚雙手放在臉頰邊，模仿著少女的模樣，還不忘用力眨眼。
「那是一種讓我覺得很……總之不是很喜歡的味道就是了。」
因為太過赤裸，太過真實。
他人喜歡的情緒赤裸裸地衝到我的鼻腔，越發濃烈表示那份傾慕越深，讓我感覺被正面撞擊一樣。
「具體來說，是怎麼樣的味道？」言褚好奇。
「是一種……好像什麼都混合在一起的味道。」
「聽起來很噁心。」他做了個鬼臉。
「所以我才說不喜歡啊。」我聳肩。
他在《喜歡》的字旁邊寫上——複雜的臭味。
「我可沒有說是臭味，你自己說的喔。」
「妳不說難聞了嗎？所以就是臭啦。」
「不是啦，那種很像是……」我在想到底要怎麼形容。
「是不是很多香水一起噴出來，混合起來的味道。個別的香水都是香的，但是噴在一起就很噁心了？」言褚彈指。
「形容得真傳神，就是這樣！」我同意。

言褚點頭，在後面括號寫上『混雜的香水味』。

「所以，那個學長就有這樣的味道？」言褚這一次倒是沒抬頭看我。

「嗯。」我點頭。

那個學長雖然時常來找張美棋聊天，甚至週末也會和她出去，那全部都是因為有我在的關係。

是的，那個學長面對張美棋時，只會散發出清爽又乾燥的木頭味道，那代表著友情、信賴或是晚輩的那種單純情緒。而當學長看著我時，則會發出混雜的香水味道。

學長喜歡的人，是我。因為張美棋都會把我帶在身邊，所以他才會一直過來。當學長和張美棋在一起的時候，他們身上那已經混雜的香水味道又與彼此交融，成為另一種更噁的味道，讓我幾乎暈眩。

「那你這樣不就超級討厭情侶？」言褚笑話我。

「不，神奇的是變成情侶或是夫妻以後，會變成另一種味道。」像是草本的香味，淡淡的，十分典雅。

「真是神奇呢，好難想像妳的世界。」言褚轉轉眼珠，「話說回來，會不會狗的嗅覺世界也是這樣呢？」

「很有可能，所以我是被狗咬到了，所以才有了狗的嗅覺能力嗎？」我開玩笑，言褚倒是很愛這樣的笑話。

「那妳就叫小狗人吧！就跟蜘蛛人一樣。」

「才不要勒，一點都不帥氣！」我推了他一把，從他的身上傳來了緊繃的味道。「幹麼，我輕輕推而已，你有必要這麼緊張嗎？」

「拜託，妳手勁這麼大，我怕妳把我弄受傷好嗎？」言褚笑著。

「我覺得很神奇喔。」我看著他，「人有各種情緒，姑且別說別人了，光是我自己的身上，一天下來就有很多種不同的味道。」

那份緊繃又來了，讓我想起小提琴拉著高音那拉緊的弦。

「可是每次我見到你，總是那幾種味道。」我盡量語氣平淡，而言褚正繼續在筆記本上寫字，看起來並無異狀，可是他身上的味道卻是更緊繃的高音，像是陳舊的皮革一般。

「是什麼味道？」他問。

「緊張、緊繃之類的。」我皺眉，「為什麼你在我面前總是那麼緊張？」

他沒有說話。

「是因為你怕我讀出你的情緒嗎？」

「才不是呢。」

隨著他說這句話的時候，我聞到了一種很甜的味道。

「我……從來沒有在你身上聞過木頭的味道。」

「因為我不是木頭啊。」他邊說邊翻著筆記本，找尋木頭氣味所代表的意思，當他看到的時候，表情明顯一愣。

「你是不是從來沒有把我當作朋友？」我問。

「妳是我的好朋友啊。」他說。

他明明知道，我聞得出情緒。所以他也知道，此刻的我知道他在說謊。

謊言的味道是甜膩的，像是煉乳、巧克力、焦糖融合在一起的，化不開的濃密。

他看著我的眼神，他知道我知道，但是他並不打算說明白。

即便知道了對方真實的情緒，也不要說。

「沒事，當我沒說。」我低下頭。

鬆了一口氣的味道，是一種如茶香般的甘甜，此刻正從言緒那傳來。

我還以為他知道我的秘密後，表示對我也毫無保留，但原來他也還是架起了高牆，知道我的能力，但卻不打算對我坦白。

才會在每次與我見面的時候，散發著差不多的味道。健康、緊繃、謊言。

就這樣子在來回著，不以真面目示人。

※　※　※

「徐若晴！」

因為想著言緒的事情，所以我沒有注意到周遭的氣味，才會到學長都靠得這麼近了以後，我才發現他的存在。

「啊，學長。」我趕緊張望四周，現在是打掃時間，而我負責的區域是池塘邊，這裡平時沒什麼人。

自從學長拒絕張美棋後，我一直躲著他，就怕學長跟我告白。

因為要是對我告白了，本來就覺得很對不起張美棋的心情，就會更有罪惡感了。

結果沒料到他會跑來外掃區找我，這裡明明不是三年級的活動區域。

「我要去丟垃圾了，學長再見。」所以我趕緊拿起一旁的垃圾袋就要離開，可是卻被學長擋住了去路。

「妳是不是在躲我？」學長劍眉一皺，好看的五官也有些沮喪，他身上也散發著相同的味道，但更強烈的還是那份喜歡，過濃又混雜的香水味。

「沒有啊，學長。」我給他一個禮貌又有距離的笑容，然後閃過他要往前走。

「妳這樣不是躲我嗎？」他又擋住了我，唉唷真是的，我和張美棋打掃的地方很近啊，希望不要被看到才好。

「學長，我為什麼要躲你呢？我們本來就不是每天見面啊。」我都說成這樣了，學長應該知難而退吧。

要是學長也能聞到味道該有多好，這樣他就知道我並不喜歡他。不喜歡其實是沒有味道的，因為它是一個無的狀態，所以當一個人強烈的喜歡氣味襲來，得到的是無的回應，那就是表示不喜歡。不過這種事情也只有我知道，別人是不可能知道的。

想這麼多，我也還是只能靠嘴巴說出來。

「我們以前明明也會一起聊天，出去玩的不是嗎？」學長真不死心。

「那是因為美棋喜歡學長，所以想跟學長出去，我只是陪她的。」看來要說得更加明白才行，「既然學長都拒絕美棋了，那我跟學長也就沒什麼話好說的啦。」

「妳的意思是，因為她喜歡我，所以我和妳就只能這樣？」

嚴格說起來，他理解的字句並沒有錯。但聽起來就是哪裡怪怪的。

「不、不是那樣。」我立刻澄清，怎麼講得好像是因為張美棋的關係，所以我們兩個不能在一起啊！是我本來就對你沒有意思啊，老大。

「我已經拒絕她了！」學長對我大喊，那聲音太大了，而且這樣的字句走向不太對啊！

「我、我知道，你小聲一點。」我立刻制止，打掃時間就快要結束了，通常張美棋會過來找我一起去丟垃圾，所以我得快點離開這裡。

「所以妳不要擔心！」他又說。

「我本來就沒有擔心，是要擔心什麼啦！」你不要自顧自地一直說啊。

「徐若晴，我喜歡的人是妳！」

真是夭壽，我不是要你別說了嗎？

「好啦，我知道，但是……」

哐啷。

喔，再次夭壽。

就算我聞不到味道、不用回頭，我都知道後面是誰。

反正依照眾多小說發展的慣例，這時候張美棋這樣的朋友角色一定會出現在後面。

從飄至鼻腔的味道，我能夠感受到她的情緒。

錯愕、疑惑、不敢置信，然後是升起的怒氣。

我深吸一口氣，轉過頭看著張美棋。

我做了心理準備，她會很生氣、會哭、會罵我打我之類的，可是當我回頭，卻只見張美棋帶著笑容。

「原來學長喜歡的是若晴。」她尷尬地笑著，彎腰撿起了剛才掉到地上的鐵夾子。「若晴也知道學長喜歡妳嗎？」

「我才不知道！」這一次甜膩的味道是從我身上傳來。

「但是妳剛才說了知道啊。」啊，這是不信任的味道。

我被這樣的味道給打敗了，沒辦法再說出更多解釋，因為我怕又聞到更強烈的不信任味道，所以在解釋以前，我已經被旁人所不知道的挫折給擊潰。

「對不起，美棋。」結果學長這時候的道歉無疑是雪上加霜，這樣子變得是我和學長有意隱瞞張美棋一樣。

「沒關係啦，就是我表錯情而已。」張美棋又扯了嘴角一笑，她難過、生氣、丟臉的情緒交織，但我不知道那些情緒是對學長、還是對我。

「美棋……」我上前，而張美棋情緒中傳來的火的味道，一時間讓我分辨不出來是哪種。

「好了，我們快點回去，就要打鐘了。」

「咦？」我愣住。

「咦什麼？難道妳還想跟學長待在這裡嗎？等一下可是要開班會的，不能遲到啊。你們晚點再約吧。」張美棋的表情還有話語，與她身上傳來的火藥味完全不同。

她很生氣，明明對我很生氣。可是她的表情完全不是那麼一回事，一瞬間我還以為自己的鼻子失靈了。

「我會再找妳的。」學長對我這麼說，就往另一個方向離開。

「美棋……」

「好啦，我們快回教室吧。」她拉起我的手，跟以前無異。

但是她的氣味，卻不是那麼回事。

※　※　※

雖然和言褚的感覺還有些尷尬，不過這種事情除了他，我也沒有人可以商量。

所以我還是跑到了他家，在他的房間與他討論。

「本來情緒就是自己的秘密，她很生氣，但是她還是想和妳繼續來往啊，所以她在處理自己的情緒。」言褚理性分析。

「可是明明很生氣，還要那樣帶著笑對待我，不是很累嗎？也很不真誠。」我咕噥著。

「難道妳寧願她跟妳大吵嗎？」

「當然不想！」我趕緊說，「只是我希望她的情緒與她的反應是成正比的，否則她笑著對我，但內心卻在氣我，這樣有點……」

「妳要說假面人嗎？」

「也不是那樣，就只是覺得……為什麼不表裡如一呢？」

「話不能這麼說。」言褚正色，「就像是妳明明知曉所有人的心情，可是不也隱藏著嗎？」

「那不一樣啊，沒有人會想要情緒都被人知道。」

「所以說，她不就在處理自己的情緒嗎？妳不過是聞到了，不需要把對方的情緒全部往身上攬。」言緒搖頭。

「你今天怎麼了？」我問。

「什麼怎麼了？」

「你的身上有一種……好像很累的味道。」

「妳看，我都說了不需要把別人的情緒往身上攬了。」言緒笑著搖頭，「我好像快感冒了，今天喉嚨有點痛，也覺得很累。」

「天啊，那你要快點休息才是。」我馬上拿起自己的外套，「那我回去了，要是有什麼需要幫忙的地方，打通電話給我，我就會立刻過來。」

「謝啦，有青梅竹馬住在隔壁真方便。」他笑著對我揮手，我這下子才注意到言緒已經穿著睡衣躺在床上，怎麼我剛才都沒發現他準備要睡覺了，還對他抱怨了一大堆呢？

看來即便能聞到情緒味道的我，還是不懂得閱讀空氣啊。

「晚安啦，言緒。」我幫他關掉了房間的燈，在離開前一秒，聞到了濃郁的香水味道。

我停住腳，回過頭看著漆黑中，言褚所在的床的方向。

「言褚，你有擦香水嗎？」

「……沒有。」因為才剛關上了燈，一時之間我的眼睛還沒適應黑暗，所以看不清楚言褚的表情。「我姊在家，這時間她應該在和喜歡的人講電話。」

「是這樣啊。」

「嗯。」

現在言褚的房間，只有疲倦的味道。

「那晚安了，你快休息吧。」關上了房門，在經過言褚姊姊房間時，的確聞到了濃郁的混雜香水味道。

要是所有人知道喜歡是這種味道的話，還會喜歡別人嗎？

我不禁這麼想著。

※　※　※

言褚真的感冒了。

隔天我到他家門口按電鈴，想約他一起去上學的時候，他姊姊正好要出門上學，告訴我這個消息。

「他很不舒服啦，妳也不用探病，以免被傳染。」

看著他姊姊打扮得十分漂亮，雖然身上沒有傳出喜歡的味道，但是卻帶著欣喜和期待的情緒，看樣子是要去和喜歡的人約會。

雖然喜歡的味道很討厭，但是當單戀成為雙向的時候，就會變成草本香味了。所以希望她姊姊快點和對方在一起，這樣子我就不會在找言褚的時候，不小心聞到這樣的味道了。

「我放學再來看你。」

我傳了訊息給言褚，就往學校走去。

結果一走到教室，就看見學長在裡面，而且還和張美棋有說有笑。

「若晴，早安。」張美棋見到我，便舉起手來和我打招呼，而我卻因為她身上強烈的柴火味道愣住了。

她比昨天還要火大，可是卻依舊像平常一樣對待我。

「早安，若晴，我幫妳買了早餐。」學長這個白痴散發著噁心的香水味，帶著的笑容好像我們已經在一起。

周邊同學們竊竊私語，不信任、八卦、看好戲、猜忌等味道交錯著，讓我想吐。

「你為什麼要這樣做？」我看著學長，覺得好委屈，握緊的拳頭顫抖著。

「啊？」學長不明所以。

「妳為什麼要這樣做？」而我又看向張美棋，妳明明很生氣，為什麼要笑著對我？

「什麼意思？」張美棋當然也不懂。

我咬著唇，跑出了教室，早知道今天就不要來學校了！

但是，我當然不可能已經進了校門，又這樣跑出去。沒有老師的允許是不行的。

所以我只能在校園找個角落窩著，吃掉自己帶的早餐，並聽到第一節課的上課鐘聲響起，才慢慢地走進去教室。

「徐若晴，怎麼遲到這麼久？」老師在台上嚴厲說著，班上投來的視線扎人，混雜著那些味道，讓我差點又要吐了。

「對不起。」我只能這麼說，不敢看張美棋的表情，回到自己的座位上。

※　※　※

下課的時候，張美棋好幾次都要跑過來和我說話，但我都用更快的速度逃離教室，躲起來直到上課鐘響五分鐘後，才回到教室裡面。午休時當然也是如法炮製，更是一不做二不休，消失整個午休時間，直到下午第一堂課才回到教室。

所以一整天我都在被老師罵，同時也承受著全班同學複雜的情緒味道，像是沼澤、雨天的泥土等，令人無法透氣的煩悶。

而張美棋的情緒已經不是憤怒，而是疑惑，她不懂我為什麼那樣講話。但是在疑惑的氣味之中，還是偶爾伴隨著一點火的味道，但我無暇分辨，只想快點逃離這裡。

就這樣，我終於度過了戰戰兢兢的一整天，在放學的時候也是立刻離開，用超快的速度跑離教室。

但是度過了今天，還有明天，不知道能不能轉學。

「去找言褚商量吧……」我喃喃自語，來到了言褚家門口，按了電鈴後是他媽媽來開門。

「阿褚的感冒有點嚴重呢，怕傳染給妳，還是不要比較好喔。」他媽媽的氣味透露出了擔憂。

「沒關係，我有帶口罩過來。」我從口袋拿出口罩，這可是我特意回家拿的，因為我一定要跟言褚聊聊才行，從國中以後，他就變成了我的樹洞。

「但……」

「而且我還帶了點心唷。」然後又搖晃了一下我手中的提袋。

「哎呀，果然還是妳最了解阿褚呢，他剛才才在說想吃布丁，我正打算出去買呢。」

「那就不用出去啦，阿姨。沒事啦，就讓我進去吧。我身體很健康，不會被傳染的。」

阿姨拗不過我，只得放我進去了。

當我敲了言褚的房門後直接進入時，聞到的味道是深深的疲倦以及睡意。像是柔軟棉花的蓬鬆，還有像是香灰的味道。

「我不是傳訊息叫妳不要來嗎？」見到我的言褚很是訝異，他的聲音聽起來雖然有些沙啞，但不是很糟。

「沒關係，我有戴口罩。」我重複一樣的話，比了自己嘴上的口罩，然後把布丁拿出來。「也有帶探病禮物喔。」

「放下禮物就走吧。」

「好沒良心的話喔。」我笑著，因為我聞到了開心的氣味，像是鮮奶的味道一樣。

「……所以怎麼了嗎？」言褚知道我不會走，所以只能接過布丁。

「你現在還好嗎？有發燒嗎？」

「已經退燒了，現在感覺恢復中，但還是很累。」言褚撕開了布丁的膜，「所以妳就不用問候了，直接說重點吧。」

「探望你也是重點啊，怎麼說得我好像只是想找你訴苦一樣。」雖然也是有一半原因啦，但是我一樣會擔心言褚的身體啊。

「妳即便只是想找我訴苦，我也會很高興的。」或許是生病的關係，言褚比平常還要柔軟，而且表裡如一。

他散發出一種什麼都可以談的氛圍，那味道很像曬過太陽的棉被一樣，非常舒服。

「嗯……就是啊……」所以我就把今天發生的事情都告訴他，言褚慢慢吃著布丁，一邊聽著。

「你覺得怎麼樣呢？」

「我覺得妳太在意味道了。」

「很難不在意啊，我就是聞到了。」

「你聞到了我們的情緒，但是我們若是沒有說出口，就表示有意隱瞞。而我們想隱瞞的事情，妳不需要點破也不需要往心裡放。」他看著我，或許是因為體溫升高的關係，他的臉頰有些紅潤，像是小天使一樣可愛。

「說得容易做起來難呀。」

「有時候我們的情緒只是我們的情緒，我們並不打算做些什麼。像是張美棋，她雖然生氣，可是她沒有表現出來，也不打算跟妳絕交，所以妳為什麼要忽視她的努力，而一直抓著她內心其實在生氣的這一點來找麻煩呢？」

「我只是……」

「至於學長，他之前沒說出口就算了。現在他已經清楚地告白，如果妳要拒絕就清楚明白地拒絕，不要拐彎抹角講一些不著邊際的話，直接說我不喜歡你就好了不是嗎？」

「……你今天講話好一針見血，好兇喔。難道是身體不舒服的關係嗎？」

「或許吧，我有點難隱藏情緒。」

「在我面前你很難隱藏情緒的，別忘記我可以聞到情緒的味道。」我驕傲地挺起胸膛。

「哈，或許吧。」他靜靜地注視著我，讓我不自在地摸了一下臉頰。

「怎麼了，我的臉上有東西嗎？」

「我在想……情緒這種東西，就像是我們每個人在某個時刻，獨有的專屬香水味道吧。」

「被你這樣形容以後變得好美，但也是有難聞的香水喔。」我莞爾。

「妳是說混雜的香水味道吧？喜歡的情緒？」

「對啊。」我從塑膠袋裡面拿出了另一個布丁，「將將，這邊還有另一個喔！」

「妳買了兩個啊？」

「是啊，我自己也要吃。」我撕開了布丁的包裝，滿足地吃了起來。「你剛才說很難隱藏情緒，難道你平常都忍耐著不罵我嗎？」

他搖頭，看著我的雙眼很溫柔，讓我覺得有些彆扭。

「妳那天問，面對妳的時候，我總是只有幾種味道對吧？」

「是呀。」

「那是我刻意為之，妳也知道吧？」

我咬著布丁的湯匙，「是有猜到，但是沒有料想到情緒還可以控制。」

「當然可以，當我知道妳能夠聞到情緒的味道後，每次見到妳，我都會在腦中想很多事情，讓我的情緒可以維持在某些點上。」他凝視著我，這時候嗅到的空氣，是來自言褚的堅定。

那味道就像是古老的城牆一樣，屹立不搖，還帶著些許的岩石味道。

「某些點的意思是……」

「像是我會一直想著剛才運動的事情，想著打籃球、打撞球、跑步、游泳等事情。或是我會去想念書很累、和人溝通很累等感到疲累的事情。接著，有時候我會害怕，自己這樣做真的有效嗎？妳聞到的味道，是我想要呈現給妳知道的嗎？所以我會下意識地覺得緊張。」

「言褚……」

「但或許是今天身體狀況不好，還要花費心思去想其他事情，實在太累了。」他嘴角一笑，而我話還沒說出口，就聞到了那個味道。

「即便是我，妳也還是覺得那味道噁心嗎？」

那混雜著氣味，濃烈且嗆鼻地，從言褚身上散發出來。

「你……」

「我不打算說。」言褚看著我，「那妳呢？若晴，妳想怎麼做？」

「言褚，我……」我站了起來，覺得渾身發抖。

他凝望著我，氣味像是藤蔓一樣攀附到我的身上，一路往我的鼻腔內爬去，帶著強烈的香氣，混雜著眾多芬芳，交織成過於濃郁的香水味道。

這香水，就像是毒藥一樣。

我拿起了自己的提袋，然後往後退。

「言褚，你身體不舒服，我還是先回家好了，你好好休息。」

我說，而言褚則哼笑了一聲。

「看見了嗎？若晴，妳是可以選擇的。」言褚躺回了床上，蓋起被子。「妳也能夠選擇忽視的。」

我沒有說話，幾乎是逃離了言褚的房間。

我不是……沒有察覺到過這件事情。

第一次聞到那濃烈的香水味道，是國中時，我差點被言褚的跟蹤狂傷害時，他來到我家探望我，除了懊悔、自責、罪惡感等情緒外，我還聞到了濃厚的香水味道。

那時候，我以為是言緒噴了奇怪的香水，但很快地我發現那是情緒的味道。只是當時的我並不確定那味道表示的意思。

但後來，當我知道那就是喜歡的香氣時，我已經沒有在言緒身上聞過了。所以我催眠是自己想太多了。又暗示自己，言緒都在隱瞞了，我就這樣貪戀這份好處，繼續與他往來下去吧。

到最後，嗅到情緒的我，還是會依照自己的心情做出選擇，面對或是忽視。那我還有資格去評論想要隱藏情緒維持與我友好的張美棋，或是嗅不出情緒只依照我表面行為去做判斷的學長嗎？

到頭來，我也不過是個假好人罷了。

※　※　※

好在隔天是假日，所以不需要去學校。只要無視手機的訊息，那就不會陷入尷尬。

張美棋和學長都傳了很多訊息過來，班上的一些同學也是。隔著手機，我聞不到他們的情緒，不知道他們的想法，只能透過文字去猜測。

這樣子讓我有些不安，因為文字是可以造假的。但即便聞到情緒的我，當對方有意隱瞞的時候，我也無法戳破不是嗎？

這樣子，我聞不聞得到那屬於他們的味道，又有差別嗎？

而最糟糕的是，現在我也無法找言緒討論，就因為那濃郁的香水味道。

言緒喜歡我，而且最早從國中就開始了。

如果不是那股味道，我根本沒有察覺到他的心情。

我根本不需要去想自己是不是喜歡言緒，因為我沒有從我的身上聞到相同的混雜香味。

更多時候，我見到言緒，是另一種味道。

尤其是看著言緒離去的背影時，會有一種淡淡的青草味，但是我沒有在別人的身上聞過這種香氣，所以也不知道這代表什麼。

而或許是因為我都不接電話、也不回訊息的緣故，下午時，張美棋直接找了上門。

媽媽對張美棋並不陌生，所以直接讓她進來，我完全來不及阻止，就演變成現在她正坐在我的房間、我的面前。

「這家蛋糕很好吃喔，阿姨我原本要自己偷吃不告訴若晴的，而美棋妳今天剛好過來，就拿出來給妳吃了喔。」媽媽笑著將提拉米蘇放到桌上，而她的身上散發著甜膩的香味，還真是愛說謊呀，媽媽。

「謝謝阿姨。」張美棋笑笑，吃了一口說。「真的很好吃耶！」

她沒有說謊，光從表情也可以知道。

媽媽離開後，張美棋放下了叉子，認真地看著我。

我嚥了口水，想要堵住自己的鼻子，不想知道她的情緒。

「我以為妳早就知道學長喜歡妳，結果發現是誤會。」張美棋淡淡地說，他身上的不滿情緒還是化成餘火殘留飄進我的鼻腔。「學長才跟妳告白而已，但學長以為妳是因為我才不去考慮喜歡他這件事情。」

「我才沒有！」我立刻喊。

「所以無論我有沒有喜歡學長，都不會影響妳對學長的心情嘍？」張美棋平淡地說，「換句話說，就是假設妳喜歡學長，也不會因為我喜歡學長而放棄對吧？」

她聞不到味道，所以不會知道我話中的真假。

但是……人本來就聞不到情緒的味道，我們本來就不會知道對方內心在想什麼，我太過依賴嗅覺，而忘記真正面對眼前的人。

她收納自己真實的情緒，整理過後把想要呈現的情緒放在我面前，我該接受的是她傳遞給我的，而不是糾結她真實的內在。

那是屬於她心中的隱私，是她的領域。

「對，在他告白以前，我並不知道他喜歡我。」

我那甜膩的味道也從我的身上竄出，如果她聞得到味道，也會胡思亂想我為什麼要說謊吧。

這麼簡單的道理，我在這個瞬間才明白。

謊言雖然只有一種味道，但是謊言有很多種。

傷害人的謊言、善意的謊言、客套的謊言、保護自己的謊言等等，並不是所有的謊言都是不好的，所有相同的情緒本來就有各種面貌。

「而如果我喜歡學長，也不會因為妳喜歡學長而放棄，更不會隱瞞妳然後在背後搞小動作。」我說著眼淚就掉下來，從我身上傳出了純粹的香氣，原來我比想像中的更在乎和張美棋的這段友誼。

張美棋聞言也掉下眼淚，「我很生氣學長喜歡妳、也很生氣被學長喜歡的妳，但我更生氣自己有這樣的想法。」

我一愣，除了相同的情緒有不同的意義外，原來對象也會不一樣。
原來，自己也是會對自己生氣的。
我真的好白痴也好笨，怎麼會傻到忽視眼前真實相處的對方，而去全然相信聞到的味道呢？
「對不起，美棋，我真是個白痴！」
「雖然不知道妳為什麼這麼說，但我也是個白痴。這樣吧，我們兩個白痴就原諒對方？」張美棋伸出小指頭。「不要再吵架了，打勾勾？」
我破涕為笑，「好古老的方式喔。」
勾上了小妞妞，莫名的鬧彆扭，也莫名的和好。
「學長那邊我也會好好拒絕的。」現在才有心情品嚐提拉米蘇，真的很好吃呢，愉悅的心情散發出來的氣味，讓我非常高興。
「是啊，妳拒絕人的方式有待加強啦，要直接說『我不喜歡你』，不然對方根本聽不懂，還容易表錯情喔。」張美棋也開心品嚐美食，雖然氣味還帶有點淡淡失戀的哀愁，不過開心的情緒壓過了那鬱悶的氣味。
「我會反省的。」我正色道，「謝謝妳今天過來找我，如果不是這樣的話，我一定還陷在自己的情緒裡面，鑽牛角尖那樣，謝謝妳的勇敢。」

「喔，這個呀。」她放下了叉子，有些不好意思。「其實我也沒有那麼勇敢，那是因為言緒。」

「言緒？」

「嗯，他打電話給我，說請我來找妳。我一開始覺得很莫名其妙，為什麼是我要來找妳呢？我也很生氣啊，但是我又不想這樣和妳吵架，可是為什麼妳什麼都不聽我說，就直接跑掉躲著我呢？還無視我的簡訊。」

「對不起……」

「然後言緒就跟我說……因為妳很遲鈍、很笨、很愛鑽牛角尖、總是會看錯事情的重點……」

「哇，他完蛋了！居然把我說成那樣！」

「哈哈哈，但他說得沒有錯啊。」

我們兩相視而笑。

「然後，他說因為妳是那樣，即便想跟我和好，也不知道怎麼開口。他說只要我願意先過來，給妳一個台階，然後把自己想說的話說出口，這樣子就沒事了。」張美棋曖昧一笑，「言緒很喜歡妳呢。」

我大吃一驚，「妳也聞得到？」

「聞得到什麼？」

「沒、沒事。」我假咳兩聲，「為什麼妳會說他喜歡我？」

「很明顯啊！誰會為了普通的青梅竹馬打電話給不熟的女生同學，然後要她主動求和呢？」張美棋溫柔一笑，她的身上傳來了巧克力的香味，那是羨慕的味道。「雖然他前面說妳笨，可是他後來卻說了很多我聽了都害羞的話。」

「她雖然是這樣遲鈍的人，可是她很善良。就是因為太過細心、想得太多，才會鑽牛角尖。她不想傷害任何人，所以都會把秘密往自己心裡吞，把事情想得最壞，在詢問答案以前，她就會先預設被拒絕的狀態，所以她往往會被自己給傷害。當她的朋友，要多點包容心，還要多點雞婆，這點就要麻煩妳多擔待了。」

聽到言緒轉述的話，我不禁濕了眼眶，一想到他，我身上傳出了早春地上冒出的嫩草味道，又像是搓揉綠葉後的青綠氣息。

這到底是什麼情緒？

感動？孤單？難受？開心？寂寞？滿溢？

好多複雜的味道融合在一起，卻褪不去那鬱鬱蔥蔥的感覺。

「就我看來……妳也很喜歡他，是吧？」張美棋明明聞不到味道，卻也好像會讀心一樣。

「但是我身上的味道不是喜歡。」

「妳在說什麼呀？妳噴了香水嗎？」

我用力搖頭，一邊掉淚一邊笑了出來。

「來呀，孩子們，我準備了水果喔。」媽媽端了水果進來，卻看見我正好在哭，她頓時緊張起來，趕緊放下水果後摸著我的臉。「若晴，妳怎麼了嗎？」

「阿姨！不是我惹她哭的喔。」張美棋趕緊澄清。

「沒事啦，只是想到一些事情，感動而已。」我笑著，趕緊擦掉眼淚，總覺得有點糗。

「不要嚇媽媽啊，不過如果是感動的眼淚，那就沒有關係了。」媽媽笑著摸摸我的臉頰，就在這個時候，我聞到了那青草地的味道。

這讓我一愣，這味道和我身上的一模一樣。

我驚訝地看著媽媽，為什麼這時候，她會散發出這樣的味道？

「媽媽，妳在想什麼？」

「什麼想什麼？」

「現在，妳心裡在想什麼？」

「我在想，妳是我最重要的寶貝女兒，千萬不要生病或是難過啊。」媽媽笑著，「唉唷，好像太肉麻了，美棋還在呢。」

「不會呀，我好感動喔，阿姨。」張美棋笑著。

我細細思索媽媽剛才說的話，那個味道，是表示對方是重要的人嗎？

而當我意會到這一點時，青草的味道融合進了花的芳香、水的甘甜、夏日的陽、冬日的雪、滂沱的大雨、池塘的漣漪等等，像是放晴後的彩虹般七彩奪目，然後成為了混雜的香味，那股濃郁的香水味道，名為「喜歡」。

「若晴，妳怎麼了嗎？」張美棋歪頭。

「哎呀，不會是感冒了吧？」媽媽趕緊起身，看樣子是要去拿耳溫槍。

「我怎麼了嗎？」

「妳臉很紅耶。」張美棋說。

我雙手摀住自己的臉。

原來，我也喜歡著言祐。

※　※　※

混雜的香水味道，是喜歡的味道。

而喜歡的味道不是難聞，而是裡面融合了太多情感。

在喜歡一個人的時候，我們會有許多情緒翻攪著，時而開心、時而擔憂、時而煩惱、時而難受。

有時候想放棄了，卻又會因為他一個微笑而繼續喜歡下去。

有時候不過是他一個皺眉，我們就會在意一整天。

當他和其他異性要好時，我們就會胡思亂想。

他一句話，就能帶我們上天堂或是下地獄。

就是因為太過複雜了，所以才會變成混雜的味道。

但若是去細細品嚐這些味道中的每一絲情緒，會發現處處是甘甜。

沒有任何情緒是糟糕的，沒有任何一種味道是難聞的，那些都是造就我們身而為人，每一天的養分，成就了我們的生活與價值。

能聞到情緒味道的我，比別人多了一份官感，我是幸運的。

揹著書包的言褚從大門走了出來，他的背影如此高眺挺拔，但卻看起來有些失落，就如同他的味道一樣。

「言褚。」我喚他，他嚇了一跳，回過頭，表情與味道都是驚訝。

「妳怎麼……」

「我在等你一起去上學。」我從靠著的牆上起來，走到他的身邊。那濃郁的香水味道，不知道是從他身上傳來，還是從我的身上。

「我以為妳不會跟我說話了。」

「為什麼？」

「因為妳不喜歡的那個味道。」他說得隱晦，也說得雙關。

「我發現，我並不討厭那個味道。」我這麼說後，直接往前走去。被晾下的言褚愣住，急急忙忙地追上。「妳說那句話的意思是什麼？」

「因為我發現，我自己身上好像也有了相同的味道。」

「什麼？」言褚大喊，不知道該做何反應。「是、是什麼意思，是對別人？學長？還是怎樣？」

「你自己慢慢想嘍。」我笑著，往前繼續走，但言褚在旁邊不斷追問。

「說清楚啊，若晴，妳不要話說一半喔。」他身上的失落消失了，取而代之的是期待。

「我和你身上的味道是一樣的。」我歪頭，故意調皮地說。「所以以後，你不需要再隱瞞那股香味了，我想或許，那是屬於你的特殊香水，和我的一樣。」

「……妳怎麼會有這樣的轉變？」他還是不敢置信。

「或許是因為，我也很早就該是混雜的香味了，只是一直以來它都是還沒開花的青草，所以我才不知道那是喜歡的前身。」

「什麼？」

「言褚啊，你怎麼變笨了？」我雙手貼在他的臉頰邊，「還敢跟美棋說我笨！」

「妳是真的很笨啊。」他也回捏了我的臉頰，「所以我沒有搞錯意思吧？」

「你的意思是什麼？不說出來，我不知道喔。」

「妳明明聞得到我的氣味，為什麼還要我說呢？」

「聞到氣味不表示你想說啊，這可是你教我的。」我瞇起眼睛，「所以說，你不說出口，我不會知道喔。」

言褚被自己曾經說過的話給將了一軍，他抓了抓後腦，滿臉通紅。「我……

喜歡妳啊。」

沒想到親耳聽見，遠比聞到那香氣還要害羞。

「嗯，我也是。」所以我點頭。

就在心意相通的這瞬間，我們的香氣融合起來，像是花朵開到燦爛之處後瞬間飄散至空中，滿天降下了花瓣雨，讓這片花海重回蔥鬱的綠草上，回復成草原狀態。

原來，這份喜歡的心情，是從青綠草地變成繁花後，又回歸為草地。

因為，我們視彼此為重要的人。

※　※　※

「若晴，妳的東西掉了。」

「啊，謝謝學長。」

我接過學長手中的手帕，輕輕拍了幾下後放回口袋。「學長，恭喜你考上第一志願。」

「謝謝，驚險飛過，真是鬆一口氣。」學長大笑著，「祝福妳明年也可以考上理想的學校。」

「有學長的加持，一定沒問題。」我對學長豎起拇指。

他靜靜看著我，然後鬆一口氣。「妳現在看起來很好，真是太好了。」

「怎麼我以前看起來不好嗎？」我開玩笑地說。

「當然不是那個意思，應該說現在比較自然了。」學長聳肩。

我有時候會想，要是當時聞不到學長對我的喜歡，那我對學長的態度，會不會更加友善呢？

「關於以前的事情，我很抱歉，我的國文明明考得還不差，但是卻對妳的回答有了誤解。」

「什麼事情呀？我都忘記了。」我笑著。

學長也明白我的裝傻，笑了笑後說：「很高興在高中最後一年，可以認識妳和美棋，雖然時間不長，但那段時光很快樂。」

「我也是，學長。」我伸手拍拍學長的肩膀，「學長這麼優秀，到了大學可不要欺騙女孩子喔。」

「哈哈，我才不會呢。」他對我點點頭後，轉身就離開了。

我知道，以後再也不會見到學長了，每條交集的線，或許有一天都會分散，一想到這，就覺得有一點點惆悵。

「齁～妳跟學長剛才在講什麼？」忽然張美棋不知道從哪邊跳出來，雙手放在我的肩膀上。

「嚇我一跳，怎麼走路沒有聲音，是貓咪嗎？」

「哼，我剛才可是一直在後面呢。」張美棋嘟嘴，「所以呢，跟學長說什麼？」

「妳現在還喜歡學長啊？」

「才沒有呢，只是學長很帥啊，還是覺得有點可惜。」張美棋大大嘆氣，但是馬上又握拳。「不過沒有關係，我現在可是有新的推。」

「新的什麼？」

「我推！」

「推什麼？」

「就是妳跟言緒啊！」

「聽不懂妳在說什麼。」

「沒關係，我自己懂就好。」張美棋搖晃著我的手，「啊，言緒來了。」

我隨著張美棋的視線往後看，漾開了微笑。

不過我見到言褚從後面走了過來。

「今天放學要不要去吃拉麵？」他把手機上的介紹給我看，「日本來的喔。」

「哇，好啊！」我興奮地說著，而張美棋嘟嘴。

「我推，不約我一起嗎？」

「到底在推什麼？」我疑惑地看著言褚，他倒是淡然一笑。

「美棋大小姐，要不要一起去吃拉麵啊？」

她滿意地笑了笑，「不用，你們去吃我就很高興了。要幸福美滿的永遠在一起喔！」說完後就揮手跑走了。

「真拿她沒辦法耶。」我搖頭。

而言褚帶著淺笑凝視著我，伸手摸了我的頭。

「做什麼啦。」我甜膩地笑著，這樣的碰觸，原來有時候能這麼溫暖人心。

「妳知道我在想什麼嗎？」

「不知道。」

「會不會覺得可惜？」

「你是指什麼？」

「味道呀，已經聞不到了，就不曉得大家的情緒了。」

在我們心意相通，我聞見了最後的青草綠地的味道後，鼻腔裡眾多的氣味就瞬間消失了。

回到日常的嗅覺，彷彿少了點什麼，但卻也單純得令我微笑。

「這下子，我終於能不被別人的情緒左右，專心地看著眼前的你了。」我說，抱住了言褚。

「妳忘了這裡是學校嗎？雖然我是很高興啦。」言褚說著言不由衷的話，因為他也回抱了我。

此刻我倆的氣味，會是怎麼樣的？

雖然我已經不會再聞見那奇異的能力所帶來的味道，但此刻，我更能清楚地聞到，屬於言褚的味道。

我能透過他身上的氣味，想像著他的模樣，被陽光充分曬過的衣服、還有洗過澡的沐浴乳香氣、頭髮淡淡的定型噴霧，還有肩膀被早上的雨親吻過的餘韻。

這一切味道，組成了今天的言緒。
這是，屬於他的獨特，香水味道。

The End

喜歡是一種味道

／ Sophia

整整半小時，我就這樣一動也不動地站在客廳。

濃郁的茉莉花香霸道地朝我襲來，我逼自己進行了幾十次的深呼吸，盡可能冷靜地梳理眼前的現狀，但似乎成效不彰，反而讓濃度過高的茉莉花香味滲進我體內的更深處。

直到一股淡淡的鐵鏽味在我的口腔中瀰漫，我才發現自己咬破了嘴唇。

屋子裡的東西空了一半。

這不是闖空門的程度，至少我不覺得有哪個竊賊會大費周章地爬上三樓公寓搬走一張用了好幾年的 IKEA 餐桌。

我的視線緩緩掃過8坪大的客餐廳，電視櫃還在，但上面的40吋液晶電視消失了；卡其色的三人座布沙發依然阻礙著動線，視覺卻顯得清爽很多，畢竟我等了三個半月才從峇里島運來的茶几沒了；我每天睡前讀書的藤編躺椅也消失了，連披在布沙發上那條編織蓋毯都不放過。

一瓶被翻倒的香水瓶突兀地躺在沙發椅腳旁，像一場匆促遷徙的證據。

僵硬的雙腳終於緩緩移動，我忘了自己有多久沒有這樣仔細地觀察屋內的每一個角落，餐桌被搬走了，留下兩張立場尷尬的餐椅，明明是整組一起被送進這個屋子裡，如今卻成為被捨棄的存在。

不僅如此，咖啡機、氣炸鍋和三明治機的位置都空了，碗盤也少了一大半，簡直像有人趁著我回台南老家的三天期間，舉辦了一場熱鬧的拍賣會，被帶走的每件東西都有一個共通點——都是我同居兩年的男友喜歡的東西。

換句話說，所有留在原地的家具和物品都是他不要的。

包括我。

不、除此之外男友還是有留下一些什麼的。

例如擺在餐椅上的那張紙條。

之所以放在那裡，我想大概是因為整間屋子再也沒有一張桌子了，我忍著不去想他帶走餐桌和茶几卻不需要任何一張椅子的理由，也許是另一個地方早已替他留下了能夠安坐的位置。

我努力將注意力拉回面前的紙條，紙條上潦草的字跡寫著——

「不用找我了，我們分手吧。」

……分手？

我拚命搜尋記憶，回想三天前我離開時是不是遺漏了任何蛛絲馬跡。

明明男友如往常一般臉上掛著溫暖的笑容，也給了我一個擁抱，他的神情與動作都太過自然了，自然到我根本分不清他究竟是太過擅長偽裝，或者是我從來沒有認清過他。

「不用找你？」我忍不住笑了出來，卻不小心發出連自己都感到訝異的沙啞嗓音。「你連我買的投影機都搬走，還讓我不用找你？」

我的胸口蓄積著一股密度過高到隨時都可能爆炸的怒氣，大步邁向男友的公司，不、據他單方面的公告，他已經是我的前男友了，而他的電話我也已經撥不通了。

踏著倉促又極其不安定的步伐，在號誌變換的最後一秒鐘我衝過了斑馬線，然而在我眼前飄蕩的並不是勝利的終點線，而是一場愛情的盡頭。

我以為至少在愛情的盡頭能親口和他要一個句點，沒想到，他卻先派了一個守衛擋住我的去路。

彷彿他早已經預料到了我的一舉一動，卻沒考慮過我的難受。

「……那個、他讓我跟妳說對不起，還說，不要再見面對兩個人都好。」

對方是他最好的死黨，一直都是熱情豪爽的人，這一刻卻像背稿機器人一樣毫無鋪墊並且生硬地向我拋擲出冷酷的言語。

不，還是有一點區別的，在見到我的第一分鐘，他的唇開闔了幾次卻依然找不出適當的開場白，連我的名字他都不確定該不該喊。

「張嘉楷連談個戀愛都要別人出來坦嗎？」

「不是、他只是……」

「除非他要跟我分手的理由是因為你，又或者你是他媽，不然你就他媽的不要插手。」

「蘇郁芬，把事情鬧大對誰都沒好處，妳衝到他辦公室見到他又怎麼樣？他就是打定主意要跟妳分手，好聚好散不行嗎？」

「他搬光我半間屋子，你跟我說好聚好散？他孬種躲起來不敢面對，你怪我要把事情鬧大？」

「不然妳還想怎麼樣嘛？」

——我想怎麼樣？

是啊，男友都已經斷然將兩人的愛情扔棄了，我還想怎麼樣呢？

男人一臉氣急，大概是認為我不夠識相，我忽然感到一陣荒謬，這世間大多時候總是這樣，你受到了傷害，也並不是想報復些什麼，但至少需要一個答案或者解釋吧，你要的不過就是那麼簡單的東西，對方不過是動嘴說幾句話就好，可即便如此，你還是會被貼上咄咄逼人的標籤。

但是一個人認真談了一場戀愛，連一個句點都不能得到嗎？

「我想怎麼樣都跟你沒有關係。」我冷冷看著男人，「他大概會問你，我做了什麼或是說了什麼，我什麼都不會對你做、也不會對你說，因為你就只是個炮灰，我跟他的事情，就該他來處理。」

我想給面前的人一個高冷又輕蔑的微笑，卻發現扯不太動嘴角，果斷地放棄當作沒這回事，決然地轉身離開。

至少，我確保了一個成熟女性的俐落乾脆。

「臭渣男通通下地獄吧！」

我緊握木槌咬牙瘋狂攻擊外型充滿猥瑣感的地鼠，一個接一個，不管被痛毆幾次都還是一臉欠揍地冒出頭來，我有一瞬間突然分不清，那到底是死不悔改的渣男們，還是像我這樣在愛情中屢戰屢敗卻又總是願意再信一次的笨蛋們。

反正都該打。

「對，用力把渣男打扁，張嘉楷只配得到拳頭，我們一滴眼淚都不會留給他。」

夏雨一臉憤慨地陪我一起出氣，她見證過我的每一段戀情，我們曾經在凌晨三點的街上發瘋大喊，也曾經窩在狹小的宿舍裡抱頭痛哭，甚至一起買了蛋糕砸了某任出軌男友的臉。

我想，我總是沒有自己以為的那樣悽慘，心底深處卻依然控制不住地泛起一股難忍的酸澀。

「我去洗手間。」

我幾乎是落荒而逃一般地躲進廁所，摀著嘴終於壓抑不住積蓄的淚水，我想盡辦法嚥下所有的哭聲；但我總是太過高估自己，嗚咽聲不斷從我指縫中溢出，沒過多久，我終究是放棄一般地嚎啕大哭起來。

「要分手就直接跟我說啊……」

「把我的投影機還給我……」

在喧鬧的遊樂場裡，廁所卻不可思議的安靜，整間廁所都迴盪著我的悲傷，我幾乎要被膨脹的疼痛壓擠到無法呼吸。

我的狼狽逃竄太過明顯了，這種時刻人其實也沒有太多氣力來掩飾自己的無能為力，在我主動走到她面前之前，夏雨無論如何都不會闖進來；她的這份貼心特別讓人感激，卻也偶爾會期待有哪個人會強勢地打斷我的疼痛與哀傷。

砰——

正當我陷入自憐自艾的迴圈之際，廁所的門忽然被踹開了。

我之所以能精準說出踹開這個動詞，不僅僅是因為門差點就砸到我的臉上，還有那雙穿著修身黑褲的大長腿，堪堪停在我的臉的前方。

如果可以，我想收回那份「偶爾會期待有哪個人會強勢地打斷我的疼痛與哀傷」的期待。

讓我靜靜待著就好。

尤其是我現在還坐在馬桶上，整臉沾滿淚水，再防水的彩妝都注定糊成一片。

「妳、妳沒事吧？」

一道柔軟甜美的嗓音滑過我的耳畔，嬌小稚嫩的女孩從男人身後探出頭來，很快我知道了所有脈絡——

女孩被我驚天動地的哭聲嚇壞了，徘徊在洗手間不敢離去，沒想到，我的哭聲漸漸弱下，轉為呼吸不順的抽泣聲，期間還幾度像斷氣一般沒了聲音，她掙扎過後決定想辦法確認我的安危。

果然人不可貌相，看似柔弱的軟萌女孩，想出來的辦法不是請工作人員幫忙，而是直接喊來哥哥踹門。

「謝謝，但我、我、我沒事——」

我邊說還不小心打了嗝。

上天大概是憐惜我的，為了告訴我失戀並不可怕，被一對陌生男女踹開廁所門安慰的社死現場更加可怕。

「既然沒事我就先出去了。」

男人說完便匆匆離開。

等等，我後知後覺地發現男人自始至終都別開頭不看我，直到他的背影將要跨出廁所我才回神。

我猛然站起身。

「我有穿褲子！」

男人的背影徹底消失不見，我用力抓住身旁的女孩。「拜託妳告訴妳哥，我有穿褲子！」

「……好。」

女孩怯生生地遞了一包面紙給我，「妳要不要洗個臉，精神會比較好。」

我愣了一下。

下意識轉頭望向洗手台的鏡子，那一瞬間，我終於知道為什麼女孩被我抓住的手正在默默發抖了。

「妳不要再笑了！有點同情心好不好。」

「我、我盡量……」夏雨艱難地壓抑嘴角的笑意，安慰地勾住我的肩膀。

「我今天陪妳玩通宵，要唱歌還是喝酒都我請客。」

「都不要，我累死了，現在只想趴在床上睡個三天三夜。」

「那去我家？」

「不用擔心我啦，又不是第一次失戀。」我勉強扯了扯唇畔，「去妳家阿姨叔叔又一定會關心我為什麼這副鳥樣，我不想全世界都來安慰我。」

「好吧，那妳到家打給我。」

「知道啦。」

送走夏雨之後，我似乎耗盡了體內最後一滴能量，整個人頓時垮了下來，連步伐都顯得虛浮。

幾乎是依循本能一路走回住處，然而當我拉開門，迎面而來的氣息讓我愣了好一陣子，是啊，我那瓶帶有茉莉花香的香水瓶被翻倒了，整間屋子散發濃郁的香味，彷彿在最甜美的氣味之中做了一場苦澀的惡夢。

我終於發現為什麼夏雨會一再拖延不讓我回家，甚至邀我到她家過夜，畢竟是同居了兩年的屋子，每個角落都充滿屬於兩個人的記憶，連男友搬走家具的留白，都能勾起一個又一個的故事。

我又忘了，他已經是前男友了。

渾渾噩噩地走向房間，無力地癱躺在雙人床上，異樣的觸感傳來，我才發現他連床包都拆走了。

渣男。

我閉上雙眼，試著不去思考這一切，畢竟要面對任何事都需要充足的體力；然而無處不在的茉莉花香卻一再翻攪我的思緒。

香水是他送的週年禮物，我並不是很喜歡那份香味，卻因為染上了愛情的氣味，成了我最珍惜的一瓶香水，每次都小心翼翼地噴灑，就怕揮霍了這得來不易的甜美；沒想到，還剩了大半的香水卻全都灑在地板上，我的珍惜簡直像個笑話。

又或者像個隱喻，所有的愛情，都可能在一瞬間揮散殆盡。

我索性起身走向浴室，窩進浴缸裡隔絕門外的氣息，強烈的睡意猛然襲來，下一瞬我的耳邊卻響起清亮的鈴聲，是我和他第一次看的電影配樂，在浴室的回音效果加乘下，我根本像是躲不掉失戀陰霾的倒楣鬼。

來電顯示是房東。

我任由鈴聲瘋狂地響著。

可惜我忘了，房東有著絕不放棄的優良特質，大概是想測試我的手機電量能撐多久，但夏雨怕我出事，特意替我充飽電量才搭車回家。

人是難以抵抗現實的。

「喂？」

「蘇小姐，我下午傳了很多訊息給妳，妳可以先告訴我什麼時候要搬走嗎？」

「搬走？租約還有半年我為什麼要搬走？」

「妳男朋友昨天就跟我解約了，押金也都拿走了，本來是不行的，但他說你們冷氣不會拆走我才答應的，反正我下星期就會帶人來看房子了。」

房東沒給我任何回話的空間，句點還沒落地就掛斷電話，太過荒誕的展開竟然讓我忍不住笑了出來。

不只投影機，我連冷氣都保不住了。

我沒想到，自己傾心付出的男人，離開前不僅搬空了我大半家當，連一個棲身之所都不留給我。

就像愛情，不愛了之後，在對方心裡我們連一個立足之地都不再擁有了。

被迫在工作忙季找新住處是個什麼樣的體驗？

大概就是會有幾個瞬間分不清楚自己踏進的是待租物件還是異世界，從合租到單身租房，我深切地感受到這世界對單身狗的滿滿惡意，尤其是我不小心流露的急切成為一條能被輕易逮住的尾巴。

唯一慶幸的是，在這般絲毫不讓人喘息的忙碌與壓力夾擊之下，反而掩蓋了失戀的餘韻。

「沒辦法，租屋市場跟戀愛市場基本上是差不多的，越需要的人反而得不到最想要的結果。」夏雨嘆了一口氣，大概是想到她那個在戀愛市場中簡直是個大地主的二哥。「妳乾脆住我家慢慢找房子吧。」

「嗯，順便替妳分擔妳媽手中比月老還多條的紅線嗎？」

「我不收房租。」

「能用錢來買的東西，我就不會用感情來交換。」

「做人其實也不用這麼講究原則。」

這點我還是認同的。

於是我從離公司步行可達的範圍一路退守到捷運一站、兩站、三站……反正都必須搭捷運了，幾站都沒太大差別了；也放棄了電梯大樓，含淚揮別低樓層，認命地簽下一間必須爬五層樓梯的公寓套房。

一度電還收我6塊錢！

「反正就只是臨時的住處，之後再慢慢找新的地方吧。」

我一邊催眠自己，一邊在完全不平等的租約上簽名，並且在收到新房東確認交友的蓮花問候圖時努力給她一個微笑。

也許是自我催眠的能量太過強大，當我再次踏上吹著冷風的走廊之際，居然恍惚看見那一張陌生卻又難以抹去記憶的臉龐。

我頓時將在原地，視線毫不掩飾地直愣愣盯著他看。

男人疑惑地望向我，語氣溫和又富有禮貌，完全沒有那天踹門的爽颯狠勁。

「我們認識嗎？」

我的全身細胞都叫囂著讓我將否認進行到底，但我的頭搖了一半，卻又強硬地被我的意志力拉回來，不管我有多想抹去那一天的狼狽，都無法掩蓋他曾經給過我一份關心。

我咬牙點了兩下頭。

「不算認識，就偶然碰見過，你順手幫了我，不過你應該不記得，但我還是想跟你說聲謝謝。」

夠語焉不詳了吧。

我殷切期盼男人不要繼續追問。

所幸，他只是點了頭，態度輕巧自然地彷彿他時常順手在各處幫助了許多人，我鬆了一口氣，卻又有些惆悵。

這樣也好。

至少我能在往後的一年，坦然自在地和眼前的男人當鄰居。

沒想到，男人往前走了幾步，與我錯身而過之後忽然轉身，帥氣好看的側臉漾開一抹恍然大悟。

「我記得妳身上的味道。」

「什麼？」

「沒什麼。」男人將一瞬的猶豫藏匿得極好，如果不是我死命地瞪視著他，大概也不會發現他飛快流轉的思緒變幻。「希望妳能住得習慣，如果有我能幫得上忙的地方，妳可以來找我。」

我一向不擅長應付這類的對話。

不知道該如何回應，縱使我需要幫忙也不會天真地去敲鄰居的門，但他畢竟是好意，最終我也只能給出一個微妙的淺笑。

然而我沒有料到，別說敲對方的門，我連樓梯都還沒爬上去，他就又朝我伸了一次援手。

也是，他畢竟是會把我的門踹開的人。

我偷覷了眼替我將行李箱搬上五樓的男人，他雲淡風輕的微笑，彷彿我剛剛在一樓階梯跟行李箱奮戰半個小時是一場拙劣的表演。

沒辦法，我就是一個久坐辦公室又死不運動的弱雞，又倔強地不肯讓朋友知道我因為一場戀愛淪落到被房東掃地出門，還被迫遷徙到城市的邊陲；再說了，我的所有物本來就所剩無幾，前男友搬空了大半，另一大半又都沾上揮之不去的茉莉花香，住了兩年多的房子最後只被歸結成兩個沉重的行李箱。

我以為我自己能扛得動，卻太高估自己，也沒有意識到，我堅信已經扔棄的夠多的記憶，留下的重量依然遠遠超出我的負荷。

每次失戀都會突然成為文青。

我嘆了一口氣。

「我妹知道妳搬到我們家隔壁，一直說太巧了，只是她這陣子在忙專題，週末都待在學校宿舍。」

「之後會有機會碰見的，我也應該跟她說一聲謝謝。」

很好，這下我徹底確定他完全認出我是誰了。

夏雨說得沒錯，千萬不要低估自己的水逆，失戀足以讓人天崩地裂，但那也不代表我的世界不會裂得更徹底。

「正面一點來思考，也就是說，失戀不過就是件小事，碰上渣男跟吃壞肚子差不多，把髒東西排出去就沒事了。」

「不能換個比喻嗎？」

「這不重要啦。」夏雨拍拍我的肩膀，簡直像預言一樣。「失戀像一塊被扔進湖心的石頭，在它沉到湖底之前，我們都不得不面對那些不斷被掀起的波浪。」

她說。

「無論如何我們都必須好好地站在岸上，絕對不要被浪捲進水裡。」不知道我搬到五樓算不算是積極地往岸上爬？

男人替我將行李放到門口，愣了幾秒鐘我才想起來，他剛剛是下樓準備出門的，他卻絲毫沒提及這一點。

「真的很謝謝你。」我尷尬地笑了笑，「才見幾次面，好像每次我講的都是那幾句。」

「不如說，只見過幾次面，每次都能說上幾句話，在現在的社會不是很難得嗎？」

果然，是我不擅長應付的類型呢。

一股尷尬從我的腳底竄上，我無比希望能夠潦草地結束對話，但做人必須知恩圖報，他不是一個普通的男人，是幫過我好幾次的男人。

「我還不知道你的名字。」

「程泰宇。」他的手機連續響了幾次，大約是訊息，他並沒有立刻查看，卻能知道那大概是來催促他的。「我想妳需要時間來整理房間，下次再請妳告訴我名字吧。」

下次。

有些人總是能夠輕易地捏住延續的那端線頭。

我只能點了點頭。

男人的唇畔泛起一抹有如漣漪的輕笑，沒有道別，彷彿那笑容便是這場相會的尾聲，我忍不住望向他遠去的背影，被他揚起的風飄散著一股清淺的甜香，我不禁皺起眉。

「他身上的味道跟上次好像不太一樣……」

在那之後我又偶遇了一次程泰宇，在距離住處兩個街口的便利商店，那間便利商店從此被我列入禁區。

人一旦起了疑惑，便會忍不住想釐清所謂的真相，又一次短暫並且尷尬的交談之後，我終於確定了他身上每一次都沾染不同的香水味道。

從那天起，我開始無所不用其極地避開所有跟程泰宇撞見的可能性，出門前反覆確認貓眼，又把耳朵貼在門上確定走廊一點動靜也沒有才匆匆出門；回家也想盡辦法提早結束工作或者拚命加班，絕不在尋常的出入時間踏上走廊。

兩個星期下來，成效十分顯著。

「海王跟熱心助人的善良鄰居這兩個標籤沒有衝突啊。」

「反正不管哪一邊我都不想有更多的交集。」

「妳的性格真的很彆扭耶。」

彆扭。

前男友也給過我一樣的評價。

也許是有哪個環節出了差錯，從小我就很難坦率地接受別人的善意，明明只要鬆口請誰幫個忙，對方就能從另一端替我打開門，我卻寧可像一頭自虐的小獸，瘋狂地想靠自己的力氣將牆撞破。

前男友曾經說過，他特別心疼我這一點，堅強獨立的背後總是藏匿比別人更多的疼痛和忍耐，他溫柔地告訴我，又或者難過失落地對我說，希望我能學會依靠他。

沒想到當我開始學會如何將柔軟的肚腹展示在他面前時，他卻毫不留情地捅了我一刀。

「欸，妳要不要去算一下妳的前世今生？」

「妳是覺得我這輩子沒救了嗎？」

「從另一個角度切入說不定能找出癥結點啊，沒辦法好好接受別人的善意，某種程度上也等於是在彼此之間築一道牆吧。」夏雨用力地嘆了口氣，「說不定妳內心深處暗自期盼會有人砸開牆來抱住妳，但現實就是，除了像我這種天使般的存在，大多數的人都會衡量付出和得到的權重。」

所以我每一段戀愛到最後都會和對方漸行漸遠。

好像哪裡出了差錯，明明很想拉住對方的手，卻怎麼也觸碰不到彼此。

「所以跟海王多來往也不錯。」

「什麼？」

「所謂的海王，不就表示他很擅長撬開別人的門嗎？」

「我現在覺得研究前世今生科學多了。」

夏雨的提議立刻被我扔進垃圾桶，我並不想在毫無防備的狀態下，被一個我不願意有更多來往的人撬開門，然而夏雨似乎擁有某種預言天賦，另一扇阻隔我的門，忽然不期然地被推開了。

我在社交平台上看見一張婚宴的側拍。

那一點也不稀奇，問題在於，我好奇點了幾張照片，又循線看了其他幾個人的貼文，發現我有一群朋友都參加了那場婚宴，而我卻一點消息也沒收到。

更怪異的是，所有人的祝福與照片之中，都巧妙地遮掩住婚宴的主角。

我忽然有了某種預感。
於是我私訊了其中一位朋友。
「你前天參加的婚禮，是誰結婚？」
「就朋友啊。」
「是我認識的朋友嗎？」
「很多人都有去，妳要不要去問其他人？」
我來回讀了幾次這段充滿閃躲意味的回應，多少是猜到答案了。是啊，參加婚宴的人都是我和前男友的共同友人，除此之外還有什麼理由無法坦然告訴我新人是誰呢？

真荒謬。

去年我和前男友一起參加了大學同學的婚禮，順著朋友的起鬨我問起了他對婚姻的規劃，當時他信誓旦旦地表示他是不婚主義，那簡直像一盆冷水狠狠從我腦袋上淋下；可我想著，兩個人只要相愛，形式並不重要，我也並沒有多期待婚姻，不過是想和他一起牽著手長久地往下走罷了。

但原來，他並非不想結婚，而是不想跟我結婚。

「張嘉楷結婚了。」

「什麼？」

電話另一端的夏雨有很長一段時間發不出聲音，她試著說些什麼，我搶先一步打斷她。

「我只是想找個人說這件事，告訴自己至少我不是最後一個知道的人。」

「要我過去陪妳嗎？」

「我還要準備明天的簡報。」我忍不住笑了聲，「妳看，就算碰上再慘的事隔天都還是得去上班。」

「我們是靠自己工作生活，又不是靠渣男吃穿，失業比失戀可怕多了。」

「妳說得沒錯，人還是要活得現實一點。」

現實就是，簡報還沒做完的我，趴在被列為黑名單的便利商店桌子上，灌著我一直都覺得很難喝的某牌啤酒。

「憑什麼傷人的人過得幸福快樂，我卻在這裡用劣質酒精澆灌傷口？」

世界從來沒有公平過。

但愛情卻是公平的，因為打從一開始我們就很清楚，所謂愛情的規則，都只適用於愛著的那一些人。

「需要一點下酒菜嗎？」
一道和緩好聽的聲音落下，我慢慢地抬起頭，程泰宇那張毫無死角的笑臉瞬間佔滿我的視線。
他拉開椅子在我對面坐下。
「雖然便利商店的料理不是很好吃，但在我們需要的時候，總是能特別及時的得到它們。」
「但還是難吃。」
「有時候我們就是得忍受難吃的食物。」他把微波好的燒賣推到我面前，「希望妳還沒試過，對面那家滷味的東西更難吃。」
我忍不住笑了出來。
不對，我不應該笑的，眼前的男人越是體貼溫柔，越彰顯他是海王的事實。
偷偷地深吸一口氣，我的嗅覺因為酒精顯得有些不靈敏，但我依舊聞到了一股隱約的香氣，不是上次的甜香，也不是上上次的木質香氣，我分辨不出來，卻能肯定是截然不同的味道。
這傢伙難道換對象比換衣服還快？
一股難以遏制的怒氣湧上胸口，我明白自己是遷怒，卻忍不住把燒賣推回給他，語氣極度不善。

「我沒有隨便吃別人食物的習慣，尤其是陌生男人。」

「我們確實見得不夠多次，今天也算多一次吧。」

程泰宇對我的惡劣態度絲毫不以為意，轉開寶特瓶瓶蓋，悠然地喝起茶來，但他似乎沒有打算動桌上的食物，我無法不去猜測，他其實是特地買給我的。

我的內心陷入瘋狂的拉鋸。

程泰宇是善良又樂於助人的鄰居。程泰宇是擅長管理漁場的海王。我想最大的問題在於，我無法看透他的心，沒辦法確認自己在他的歸類中，究竟是一個鄰居還是一條魚。

我並不想當沒有腳的生物。

因為我有穿褲子！

事到如今，我還是有股強烈的衝動想對他喊出這句話，但我不能，於是我每次見到他，內心都充斥著鼓脹的情緒，說不定這也是我處處看他不順眼的原因之一。

「妳的手機一直在響。」

「什麼？」

順著他的視線我才看見不斷跳出的訊息，第一時間我以為是酒精讓世界變得魔幻，可惜我只喝了半罐啤酒，連醉意都還在遙遠的彼端。

群組內幾個朋友正熱烈討論著「我發現張嘉楷結婚了」這件事，緣起正是因為我私訊追問誰是婚宴主角；他們似乎忘了我也是群組的一分子，不僅大肆討論，更處處顯露對我的同情。

——真慘。要是我一定誰都不想再見面了。

朋友A說完這句話，另一個人終於意識到不對，接著大量的訊息接連被收回，卻欲蓋彌彰地留下了好幾個頁面的「訊息已收回」。

然而，有很多事情是無法被收回的。

他們的小心翼翼反而將我推到一個更尷尬的境地，我被貼上一個必須小心輕放的標籤，於是每個人都沒辦法用自然的姿態跟我相處。

「妳還好嗎？」

「沒事。」

我想一個人獨處。

差點我就要無禮地這麼說出口了，但忽然，我的視線停滯在他那張帥氣又散發書卷氣質的臉上，一個低劣卻簡單俐落的想法悄悄浮現。

他比張嘉楷好看多了。

反正這世界多數人都依靠表面事物來評價對方，他們並不關心一個人真正的模樣，既然如此，給他們一個假象就好。

「桌上的東西不吃太浪費了。」我拿起手邊還沒開的啤酒遞給他，想到自己的邪惡計畫，還是擠了個笑容給他。「我不會隨便收下別人給的東西，但如果是一種交換，對我們都會輕鬆一點。」

我偷偷拍了我和程泰宇的合照。

不僅如此，還急切地一踏進玄關就編輯上傳，以一種低調卻鋪張的姿態宣告我有了新的邂逅。

不到三分鐘，合照底下就湧出一則又一則的留言，我看著一連串彷彿複製貼上、絲毫讀不到真心的「恭喜」，忽然意興闌珊了起來。

我胡亂地踢掉了鞋子，把手機隨意扔在充滿港片氛圍的玻璃茶几上，把自己塞進號稱雙人座卻能被一個人擠滿的沙發上，這整間屋子，處處都寫著不歡迎第二個人踏進的隱形文字。

一個月前的我根本預想不到這一幕。

稱不上淪落，畢竟人生總是充滿波瀾，愛情更是最輕易能掀起風浪的存在，偏偏我們總也還是奮力地想跳上那艘搖擺不定的船，偶爾能到達哪個遠方，但更多時候，我們不是被潑得一身濕，就是不得不承受從未安定的擺動，最慘的大概便是被對方一腳踹進海裡，還不給救生衣。

「上傳那種照片才是真的輸了！」

我用力坐起身，撈過手機準備把合照刪除，沒想到，下一瞬間我就石化在原地。

為、為什麼？

為什麼我的朋友圈裡會有人標註程泰宇？

我差一點失叫出聲，手機燙手得簡直就像快要燒起來一樣，更崩潰的是，程泰宇本人，對、沒錯就是剛剛才跟我說了再見的程泰宇，親自回覆了一句——

「照片拍得很好。」

他成全了我的逞強，卻讓我的狼狽更加無所遁形。

程泰宇又一次以實際行動告訴我，失戀絕對不是這世界上最慘的事。

「算了，睡吧，睡醒了就會發現這一切都是一場夢。」

然而我數了七百三十六隻羊都還找不到睡意，並且每隻羊扭頭看向我的時候，軟綿綿的捲毛的縫隙都會冒出關於程泰宇的什麼，例如他的話語、他若有似無的淺笑，還有他那每次都不一樣的香氣。

人一旦沒了形象就不需要顧慮形象問題了。

「幸好我還沒把主管送的伴手禮打開。」

我提起原封不動的禮盒，隨意披了件披肩就朝門外走去，儘管深夜去按一個陌生男人的門鈴相當沒有危機意識，但我站在門口權衡了半晌，最終居然沒來由地相信他會是個好人。

暖黃色的燈光從窗戶透了出來，我默默地深呼吸，終究按下了門鈴。

我聽見漸漸趨近的腳步聲。

程泰宇拉開了門。

「怎麼了嗎？」

他的神色絲毫沒有動搖，如同起初我分辨不出他究竟有沒有認出我是躲在廁所崩潰痛哭的那個女人，我認真看了他好一陣子，他染著一份恰到好處的詫異的微笑裡，彷彿對我擅自公開合照的卑劣一無所覺。

既然如此就不要回覆啊！

「禮盒給你的，我不應該偷拍，也不應該隨便上傳。對不起。」

「送禮盒給我是表示歉意，但我怎麼感覺妳在生氣？」

「是你的錯覺。」

「禮盒不用了，我不太吃甜食，但我有點想知道妳為什麼要上傳合照。」

他頓了一下，揚起非常蓄意的笑容。「我想弄清楚新鄰居對我抱有什麼樣的心思。」

說得好像我覬覦他一樣！

我壓抑太久的情緒一口氣爆發開來，明明就能輕巧編造一個理由，卻忍不住全盤托出，回過神來，我居然已經坐在他家沙發上，捧著溫熱的奶茶，一邊啜泣一邊喝了大半杯奶茶。

也太好喝了……

我一邊唾棄自己，一邊告誡自己不能浪費食物，呼嚕嚕把剩下的半杯奶茶喝得乾乾淨淨。

「還要嗎？」

「不用了。」我抹去臉頰上殘留的淚痕，準備離開，並且更徹底地執行迴避程泰宇的進階計畫。「你想知道的我都說了，我要回去了。」

我才剛起身邁開右腳，他又喊住了我。

「我可以配合妳偶爾上傳一些合照，但希望妳能幫我一點忙。」

「不會是假裝女友來趕跑曖昧對象這種俗濫套路吧？」

「這點妳可以放心。」程泰宇似乎是被逗樂一樣，愉悅地笑了出來。「我目前還沒有需要妳趕跑的對象。」

服務生將精緻的泡芙塔送到我面前，糖絲綴飾在燈光照耀下正閃閃發亮，我注視著正在專注拍攝泡芙塔的男人，體內的問號泡泡簡直像有人把曼陀珠扔進可樂裡一樣劇烈奔騰。

「我拍完了，吃吧。」

「喔。」我忘記抵抗地吃了兩口，嚥下甜膩的泡芙之後，我才勉強找回理智。「可以解釋一下目前的狀況嗎？」

「妳是說假裝約會的部分？」

「你倒不如告訴我其實你是甜點攝影宅。」

「方向沒差多少。」程泰宇收起相機，環顧了充滿年輕女性的甜點店。「工作上需要取材，但我一個人實在不好意思踏進這類的場合，嘉熙上大學之前都是她陪我來的。」

「嘉熙？」

「我妹妹。」

「你們兄妹的名字都很特別。」

「因為我媽喜歡看韓劇。」

「原來是這樣。」我呵呵了兩聲，不好評論他整個人生到底被荼毒了多少的部分，畢竟我媽也有類似的愛好。「所以你的工作是？」

「主要工作是研發香水，當然還有其他部分，因為我們 TA 是20到30歲的女性，所以要隨時掌握流行跟她們的喜好。」

「研發香水啊……」

這樣說來，他身上沾染不同的香味不過是因為工作性質，我不僅胡亂遷怒，還扭曲誤解了他。

原來他不是海王，純粹是個善良禮貌還被我惡意解讀的無辜鄰居。

「對了，這個送妳。」程泰宇遞給我一瓶小巧的香水，「是我們公司的晚安香水，能讓妳睡得比較好一點。」

「你怎麼知道我……」

話說到一半我就頓住，想起那道薄到不可思議的牆，夜深人靜的時候我總是能感受到他的動靜，另一側的他想必也能輕易地聽見我的舉動……例如睡不著就起身原地奔跑、數羊數到跟羊進行哲學對話，又例如、抓起玩偶一邊怒罵一邊將它當作前男友痛毆。

我果斷地收下了香水，並且給了他俐落的道謝，希望話題就此終結。轉移話題是最好的辦法。

「你為什麼會想做研發香水的工作？」

「人生總是會不自覺地走往某一個方向。」

我不懂。

但程泰宇沒有多說，反而拿出了手機，同時將椅子拉到我身側。

「合照還沒拍呢。」

他按下快門的瞬間，我忍不住望向他的側臉，我想大概是我的錯覺，此刻他的笑容裡竟彷彿藏匿著一種隱約的、讓人心疼的氣息。

從那之後我和他探訪了好幾處熱門的景點或餐廳，每個地點都留下了一張合照，既不多拍，也從未被忘記。

像是一種隱形的默契，也像是在提醒彼此兩人只是互惠的關係。

有些事情，突然就會沒了意思。

或許前男友對我的感情也是如此，就是那麼一天，極其突然地，不小心按到了愛情的開關，於是自己就毫無道理的不愛了。

當然不可能是這樣。

任何事必然都存在端倪，在我未能察覺的某個地方，前男友的愛正慢慢消融，我就像那隻逐漸失去容身之地的北極熊，牠無法理解溫室效應，只是在某一天發現自己被困在了冰上回不了岸。

我一邊翻看和程泰宇的合照，一則一則地將貼文鎖起來，本來感情就不是展示品，縱使別人架上的愛情如何炫目，也不會成為我的。

張嘉楷結了婚又怎麼樣呢？

在不告而別的那一天，我和他便已經各自踏上了再也不會相干的路途了。

只是，這個城市有太多兩個人一起走過的路……

忽然我衝動地起身走往隔壁，連猶豫的空間都沒有，便按下了門鈴。

和程泰宇是鄰居最大的壞處就在這裡體現，我的所有衝動都沒有冷靜的緩衝期。

「這說不定是件好事。」夏雨很認真地這麼說，儘管她有一半的注意力分給了桌上的蛋包飯。「畢竟妳就是一個容易瞻前顧後的人，很多時候都是自己打消了念頭，可是人偶爾就是需要一點衝動。」

「想過一遍就知道會撞牆的事情，為什麼還要親自去撞？」

「大概是因為，沒有實際去撞看看，就不會知道那道牆會不會倒吧。」

「有種東西叫做科學邏輯。」

「再科學妳也不能肯定那道牆沒有被偷工減料，又或者，妳真的能百分之百確定那道牆的材質就是妳以為的材質嗎？」

夏雨有些時候總會拋出特別哲學的提問。

只是現實生活中，哲學的辯證時常派不上用場，剛按下門鈴我就轉身逃回家了，但我的腳步聲暴露了一切，不到一分鐘，我家門鈴就隨之響起。

我無奈地拉開了門。

「找我有事嗎？」

「我只是想……假裝約會拍照上傳這件事，好像差不多了……但是我還是能跟你一起去取材，不如說，我有另一個……可能會讓你更困擾的提案。」

「例如？」

「重訪我跟前男友去過的地點之類的企劃……」程泰宇的表情有來不及掩飾的訝異，我尷尬地扯開笑。「我的生活圈就這麼小，雖然搬家了但工作也沒換，再怎麼繞路也有繞不開的時候……再說了，不告而別的是他，時間表拉出來看他也絕對是腳踏兩條船，既然如此我為什麼要躲？」

我深深吸了一口氣，繼續說。

「所以我想，只要多去幾次、跟不同的人走過那些路途，就能夠慢慢稀釋過去的回憶吧。」

夜晚的風格外的冷，我注意到程泰宇只穿著單薄的居家服，想出言關心卻又想著那或許不是我該插手的事，大概夏雨說的瞻前顧後就是這樣，一件簡單的小事，我都會迂迴地繞上幾個圈。

微妙的沉默在兩人之間蔓延。

「當我沒說吧，你有新的地方想去再——」

「妳真勇敢。」

什麼？

我這三十年來從來沒有領過跟勇敢沾上邊的標籤。

「能夠坦然地面對過去，不是每個人都有辦法做到的事。」

但第一關未免也太艱難了。

我自作聰明地列了幾個地點供程泰宇挑選，想盡可能消除我的個人意志，避免過於受到回憶侵擾；然而，我根本沒料到他一出手就是張嘉楷當初的告白地點。

全身上下的細胞都拚命對我叫囂著——「我不想去」！

可惜一旁的程泰宇無法跟我的細胞溝通，他流暢地轉動方向盤，側臉果真沒有死角的好看，接著他一個拐彎，充滿商業氣息的文創園區招牌就躍進視野，徹底敗壞我欣賞他容顏的心思。

我只能拖著沉重的步伐和他一起踏上這條傷心的街道。

「如果妳想離開，我們隨時都能走。」

「來都來了，而且只要逃了一次，接下來就是一連串的逃跑了。」

「……是吧，人一旦選擇逃避，就很難再鼓起勇氣了。」

也許是我的錯覺，總感覺程泰宇的神情不太對勁。

我扯了扯他的衣袖，示意他看向天空。

「今天的天空超級無敵藍，我跟他來的時候還差點下雨。」我誇張地做了一個深呼吸，「我知道你刻意選了最普通的景點，八成是認為文創園區只適合日常約會吧，但這裡卻是他向我告白的地方，因為那時候他在這裡擺攤，還許下有朝一日要創業的夢想。」

我緩緩地說著。

「他只堅持了一年多，迫於現實還是去當了上班族，說不定就是從那個時候開始，我和他之間就已經發生了某些質變；例如我會小心地不去提到藝術創作的話題，約會也不再選這類的地點，但那明明是我們相愛的起點……我想，可能正是因為我和他弄丟了起點，也就理所當然地找不到終點吧。」

我領著程泰宇走到當初張嘉楷的攤位位置，如今木質桌面上擺著的已經是可愛的柴犬編織小物。

「我花了很長一段時間才知道，一個人最深刻的記憶，是那些縱使我們已經走到了起初的位置，卻依然看不到任何痕跡的過去。」

「也不是沒有任何痕跡吧。」

「嗯？」

「畢竟，當初妳也在這裡。」

我怔怔地望著程泰宇，突然一句話也接不上，他拋擲而出的話語像一根輕飄飄的羽毛，悄悄落在我心底的湖面，明明那樣地輕，卻晃漾著一圈又一圈的漣漪。

並且久久不停。

「蘇郁芬，願意再一次走到這裡的妳真的非常勇敢。」

那一瞬間我忽然感受到了什麼。

來不及多做思考，我便將提問遞送給眼前的男人。

「你也有想走回去的地方嗎？」

「是啊。」他的唇畔泛開淺淺的笑，卻讓人有些揪心。「只是我選了逃避，當起程的那一刻，大概就注定再也回不去了。」

我的療傷之旅意外揭開了程泰宇的傷疤。

儘管他依舊散發著毫不在意的灑脫感，然而人大抵都是這樣的，一旦發現了裂縫，便會不由自主地去窺探，而往往也確實會看見隱藏在陰影底下的輪廓。

程泰宇最近好像有點疲憊。

我環視了屋子一圈，哀傷地發現當中沒有任何一件能夠帶給人療癒的東西，唯一能舒緩心情的還是他送我的晚安香水。

我不確定是自己漸漸放下了難過，或是香水確實給了我安撫，夜裡我不再跟羊進行抗爭，卻陷入一場又一場沾附著淡淡玫瑰香氣的夢境。

「現在不是想這些的時候。」

我揮去腦中逐漸糾結的絲線，拉開抽屜拿出我為了應付生理期而買的黑糖紅棗茶，疲倦的時刻喝一杯溫熱的甜茶多少能舒緩精神；我記得他不愛甜食，口味便調得淡了一些。

攪拌匙卻在繞了兩圈之後突然頓住。

「……但他為什麼可以泡出又甜又濃的奶茶？」

甩了甩頭，攪拌匙放進不鏽鋼水槽發出的碰撞聲將我拉回現實，我不願意去深想，為什麼自己會越來越不經意地思考各種有關程泰宇的細碎瑣事。

端著熱燙的黑糖紅棗茶，確定了屋內的燈光之後，我按下了門鈴。

程泰宇很快便站在我的面前。

「黑糖紅棗茶，不會很甜。」我想了一下，繼續補充。「你最近臉色有點缺乏血色，給你補血。」

他愣了一會兒之後笑了出來。

「謝謝。」

夾帶著一杯黑糖紅棗茶，我順理成章地踏進他的客廳，他的住處是三房的戶型，起初羨慕過這樣的格局，這一刻卻感覺他一個人生活似乎有些空蕩。

「你妹最近都沒回來嗎？」

「大學生總是有各種事情可以忙，不過我跟她在學校附近吃過幾次飯。」

他啜飲著黑糖紅棗茶，甜味似乎還是超出他的預期，他不經意皺起了眉，卻還是堅持地一口一口地喝著。

好像有點可愛。

「……其實我有點在意。」

「嗯？」

「請你陪我面對過去的回憶，好像也讓你想起一些往事……當然，你不想提我就不會問，但如果你有需要我做些什麼，可以直接告訴我。」

程泰宇舉起手中的馬克杯，溫柔地揚起笑。

「雖然有點甜，但確實讓我回血了，如果可以，下次替我泡無糖的茶吧。」

「……也是可以。」

打死我都不會承認是我的住處只有黑糖紅棗茶。

我安靜地注視著程泰宇喝著茶，安寧之中彷彿滲進一些令人坐立難安的氣息，順著他滑動的喉結，我的心跳忽然失了節奏。

「你慢慢喝，我先回去了。」

「不是情傷。」

「嗯？」

「我猜妳可能有點誤會。」他突如其來的話語，讓我醞釀離去的動作只能暫停。「我媽前幾年生病過世了，剛好嘉熙要到台北念書，我也想轉換心情，乾脆就一起搬來台北了。」

他緩緩地說著，富有磁性的嗓音似乎讓夜顯得更深更安靜。

「我把所有東西都處置了，雖然媽媽的東西我們也用不上了，但我清楚，那其實更像一種逃避，畢竟在最後那幾年，我們都過得太過痛苦了。」他的嘆息聲若有似無地迴盪在屋內，「我媽因為病情變得很歇斯底里，我從研究所輟學，嘉熙也放棄留學申請，那段時間好像陷入了彼此相互折磨卻又把對方當作救命繩索一樣的病態關係，我也因此傷害了很多人……想起來很後悔，也試圖做了彌補，只是回不去的事情就是回不去了。」
他瞥了我一眼，「太沉重了，對吧。」
「還好。」我認真地搖頭，「只是覺得我只是失戀就搞成這樣，格局實在太小了。」
程泰宇這次真的笑出聲來了。
「回憶的重量只有當事人能衡量，沒什麼格局大小的問題。」他抬手指了書櫃上的一瓶香水，「那是我唯一留下來的，我媽的遺物。」
「這是你研發香水的原因嗎？」
「一半吧。我媽喜歡各式各樣的香水，從小就告訴我跟嘉熙，香味是一種會滲入人生命的存在，就算閉上眼也能嗅聞到，所以她總是用氣味來記憶每一個人和每一件事物……所以我想，說不定自己也能做出一種能成為某個人深刻記憶的味道。」
「那你有嗎？」
「什麼？」
「讓你感到深刻的味道。」
程泰宇望向我，時間的流逝似乎變得難以估算，忽然他低下頭，視線落在被他握在掌心的馬克杯。

清朗的笑容安靜地揚起。

「要說起來，現在最深刻的大概就是這杯黑糖紅棗茶的味道吧。」

黑糖紅棗茶頓時成為我面臨的哲學問題。

縱使明白程泰宇大概是在說笑，我卻依然抑制不住去思索任何一種延伸可能的思緒。

甚至神經質地感受到一股黑糖紅棗茶味縈繞在我的鼻尖。

「蘇郁芬，妳為什麼一直盯著我看？」同事海如從口袋掏出一顆糖果給我，「想吃的話就拿去。」

「我不想——等一下，這是什麼口味？」

「黑糖紅棗口味啊。」

找到了！

原來不是我的幻覺，兇手居然近在咫尺。

我忿忿地將糖果拆開，一鼓作氣地扔進嘴裡。

「好甜。」一直白衝擊的糖分霸道地襲捲我的口腔，我忍不住嚥了口口水，不禁佩服起又塞了一顆糖果的海如。「欸，妳有記憶特別深刻的味道嗎？」

「巷口的雞排。大辣。」

「不是那種味道！」我努力克制翻白眼的衝動，耐心地解釋。「是會想起某個人的那種味道。」

「喔，很多啊，吃麻辣鍋會想到我高中死黨，因為她每吃必拉又超愛揪，前前男友是燒肉味，雖然他是個爛人，但他真的很會烤肉。」

我終於忍不住翻了白眼。

海如噗哧笑了出來。

「我就喜歡吃啊，人不就這樣，不管是味道或是其他事，自己在意的才會一直想起來吧，像我跟那麼多人一起去吃過麥當勞，但提到麥當勞我第一時間想起來的是那個超帥的員工啊。」她又吃了一顆糖果，而我嘴裡的糖只融了一半。「重點不是什麼味道會讓妳想起誰吧，是妳為什麼會想起那個人。」

我現在才意識到，我身旁的每個人都懷抱著比我更深厚的哲學思索，為了表示敬意，我從包包裡拿出儲備的巧克力棒進貢給海如。

「我覺得妳比我更有資格吃掉它。」

「吃巧克力棒不需要資格吧。」海如不客氣地收下巧克力棒，又附贈了我一個哲學開示。「想吃的話就應該好好地抓住，然後毫不猶豫地吃掉它。」

吃掉。

我沒想到，再次碰見程泰宇，我腦中首先冒出的會是這兩個字。

於是我慌亂地尋了個藉口草草結束交談，錯身而過的短暫瞬間，屬於他的清新草木香氣飄送到我的鼻尖。

從前我只以為人會依戀一種安穩並且專屬的氣味，例如交往三年來，前男友只用同一款沐浴乳，與程泰宇相遇之後，我才發現每次相見都有新的氣息，反而讓人必須更加專注地去記憶這個人的一切。

「妳家冰箱的容量是有限的吧。」

「誰家的冰箱是無限的？」我反覆讀了兩次夏雨的訊息，依然不理解她跳躍的回應。「能告訴我冰箱突然出場的原因嗎？」

夏雨沒理我。

繼續她的冰箱哲學。

「有限的容量裡，放的東西一定是妳需要的或者想要的，檢查某個人的冰箱，很輕易就能察覺說不定本人也沒注意到的偏好。」她默默放了把冷箭，「例如妳的冰箱裡只有微波食品和酒精飲料。」

「那又怎樣？」

「妳不覺得，妳心裡的冰箱，放的程泰宇有點偏多嗎？」

我預備打字的手僵在半空，幸好是訊息交談，夏雨無法看穿我的動搖，然而螢幕光亮忽然熄滅的那刻，黑色鏡面卻清清楚楚地倒映出我的神情。

手機突然震動，螢幕再度閃現光亮，毫無防備的我嚇了一大跳。

恰好是程泰宇。

在我有限的記憶裡，他已經太過多次在我完全沒有預備的狀態下霸道地闖進來，也許最一開始他踹開的那扇門便是一種預示。

「星期六下午有空嗎？」

沒空。

我跟夏雨約好了要去某個週末市集，但我卻連一秒鐘的停頓都沒有，快速打了字按下送出。

「我有空。」

我忽然想起夏雨的冰箱理論，很多時候我們的冰箱總是被各式各樣的食材塞得滿滿的，像是連多買一顆蘋果都放不進去的程度，但要是不期然地收到某個高檔海鮮禮盒，我們依然會毫不猶豫地清出冰箱空間。

「……所以，程泰宇對我來說已經是高級海鮮禮盒的級別了嗎？」

誰叫他渾身上下都散發一種高級食材的氛圍。

我強迫自己移開視線，盡可能不讓他感覺生命正遭受某種威脅，然而分神的結果便是踩到人行道石磚的裂縫，上演俗套的失衡戲碼，差別只在於——我撞上的是店家的廣告牌而不是另一側的男人。

「妳沒事吧？」

「沒事。」

好吧，程泰宇還是拉住我了，雖然我的肩膀沒躲過撞上牆壁的命運，但好歹保住了腦袋。

有些時候我們只要能保全最重要的部分就足夠了。

「在想什麼？這麼入神。」

「沒什麼，我——」

我的聲音戛然而止，原本能輕快用抹笑容來轉移焦點的短暫走神，這一刻我僵住的雙腳卻讓我的停頓失去了任何藉口。

後知後覺地我才意識到，這條街上有前男友最喜歡的餐廳，也許能歸功於我和程泰宇這幾個月來不斷地走過一個又一個染滿過往愛情的地方，在我發覺之前，前男友離去所帶來的疼痛已經顯得稀薄。

然而某些人，總是會在我們將要邁過那道裂縫之際，毫無預警地出現在那佈滿棘刺的邊界。

此刻，張嘉楷正摟著一個女人朝我走近，臉上溢滿我許久未見的愉悅笑顏。

「郁芬？」

——是誰用如此溫柔的嗓音喊著我的名字？

有一瞬間，我幾乎分不清楚現實與記憶，忽然，我垂落的右手被以一種堅定的姿態牢牢握住，太過清晰的熱度用力將我拉回現實。

「我們走吧。」

「……好。」

程泰宇緊緊握住我的手往前走，我能感受到那領著我前行的力量。

「不要回頭。」程泰宇輕輕地對我說，「像這種時候，我們只能更努力地往前邁步了。」

「每次我重新造訪曾經跟他去過的那些地方之前，都會設想各種遇見他的狀況，下定決心無論如何都要讓他看見我過很好。」我忍不住苦笑，「再怎麼說我都已經在腦海中演練過幾百次了，沒想到真正碰上了，還是愣在原地反應不過來。」

我微微垂下頭，視線落在兩人交疊的手。

真的非常溫暖。

「幸好有你在……誰看見我的狼狽都好，唯獨那個男人，我不想讓他看見我的失落……我知道談戀愛不應該爭出什麼勝負，但我真的很不甘心……」

「我們換個目的地吧。」

「嗯？」

「我原先準備的地點今天大概不太合適，但既然是我約妳出來的，我只好拿出秘密景點了。」

於是我們出現在寧夏夜市。

「你是想讓我化悲憤為食慾嗎？」

「不是，但我可以推薦幾家特別好吃的攤位。」他露出有些邪惡的笑容，「我請客。」

美味的食物當前，任何的悲憤都算不上什麼，何況身邊還有個帥氣溫柔的男人，用極為磁性的嗓音對自己說「多吃點」，誰還會在乎遠去的劈腿渣男，縱使他過得幸福快樂，也跟我一點關係也沒有。

我狠狠咬碎雞軟骨，「他就最好給我幸福快樂到底。」

「我以為正常會希望對方過得慘一點。」

「一開始有這樣想過，但後來想想，即便他捨棄了我之後過得潦倒，我的人生也不會變得比較好；倒不如希望他從此過得更好，證明他離開我是對我和他都好的選擇。」

「嗯，妳這個論點值得再來一碗豆花。」

「我的胃已經承受不起更多的獎勵了……」

「不如打包？」

「好。」我伸出兩根手指，「兩碗。」

程泰宇噗哧地笑了出來，修長的手接過老闆打包好的豆花，兩份，簡直像我和他要一起回家延續其他的什麼一樣。

其實我已經不難受了，只是有些恍惚，畢竟我始終沒有從張嘉楷手中接過一個完整的句點，那就像身旁所有人都拚命告訴我隕石要落下了，不快點離開不行；但一邊逃難，揮別過往我所擁有的一切，內心深處依然有道深深的疑問——

隕石真的落下了嗎？

我失去的那一切會不會只是一種錯覺呢？

見到張嘉楷摟著另一個女人那一刻，我終於親眼看見那顆隕石，將我曾經的港灣破壞殆盡。

終於到此為止了。

各種情緒交織，太過複雜的心情找不到適切的說明，唯一能肯定的，是一顆終於落地的心，和鬆了一口氣的解脫感。

「下次換我請你吧。」

「好。」

「不過，你的秘密景點是夜市，有點出乎我意料，我以為你會喜歡安靜的地方。」

「我是喜歡安靜的地方，但心情低落的時候就會來夜市繞一繞，因為這裡有各種氣味，雖然能辨別出當中有些什麼，但仔細一聞，那些味道卻又緊密融合在一起……我就會突然感覺到，生活就是這樣吧，有各式各樣的味道，縱使現在嚐到的苦味多一些，但我擁有的絕對不只有苦味而已。」

「嗯，還有很多美味。」

我和程泰宇對望了一眼，相視而笑。

當我們浸泡在苦澀的氣味當中，嚐到的甜味比起過往的任何一個時刻，都更加珍貴並且深刻。

直到我發現自己胖了兩公斤。

我發憤圖強早起一個小時，換上運動服到附近的公園慢跑，才跑了半圈，我就有種再跨一百公尺便能抵達天堂的幻覺，即使這個世界烏煙瘴氣，我依然充滿留戀。

留戀。

這個詞彙還在我的腦袋中盤旋，一道身影便猝不及防地闖進我的視野，穿著休閒運動服的程泰宇朝我的方向跑來，儘管理智上明白這不過是因為我恰好站在他返程的路途中央，卻依然恍惚地以為他是為了我而來。

「真巧。」

程泰宇笑著這麼對我說。

他的額際冒著薄汗，在晨光照耀之下顯得太過閃亮耀眼，那一刻，我的內心彷彿滲進了那道明亮奪目的光芒，漾開了不尋常的悸動。

「你明天可能就不會見到我了。」

「晨跑一開始是最難的，給自己一點獎賞，堅持幾天之後慢慢就感覺不那麼難了。」

「對社畜來說最好的獎勵就是多睡一小時。」

「既然都來了，至少今天多跑一段路吧。」

他轉了方向，渾身散發要督促我往前奔跑的氣勢，沒辦法，我只好強行擠出體內所剩無幾的力氣，用樹獺界的奔跑速度慢慢拖著步伐往前跑。

為了配合我，程泰宇幾乎是在原地慢跑。

「想點別的事情來分散注意力。」他指了右側的街道，「那條路往下走個五分鐘，有一間很好吃的紅豆餅。」

「你不吃甜食但口袋名單幾乎都是甜點耶。」

「嘉熙的口味差不多是螞蟻程度，她連手搖飲都只喝全糖。」

「說到你妹妹……我一直很想問你，我搬過來也好幾個月了，從來沒有見過她，她真的是你妹妹嗎？」我修正了一下，重新提問。「不是，是你真的有妹妹嗎？」

程泰宇不知道被戳到哪個笑點，忽然笑個不停。

但突然，我從他眼角的餘光讀出某些有點糟糕的訊息。

「本來不想告訴妳的，既然妳特地問了——」

「算了，我們回頭聊那間紅豆餅好了。」

「嘉熙回來過幾次，但她有刻意避開妳，她很固執地認為妳不會想見到她，可能需要等她自己慢慢想開吧。」

他說。

「每個人都需要時間。」程泰宇忽然看向我，雙眼映現出我的身影。「所以沒必要強迫自己立刻跨越終點線。」

我有點心慌。

不由自主地加快了腳步，但我的身體能力顯然趕不上我高速運轉的念頭，步調不一致的結果便是一個失去平衡的踉蹌。

程泰宇飛快地拉住我……的衣領。

「咳、咳咳……」

「抱歉，直覺反應……妳還好嗎？」

「沒有正面著地都稱得上是好的結果。」我捏了捏無力的大腿，果然我就是自虐。「差不多要回去準備上班了。」

「要我扶妳嗎？」

我的手非常乾淨俐落地搭住他伸出來的手，面子什麼的，在失去控制能力的大腿面前全然不值一提。

屬於程泰宇的氣味飄送而來，不如以往沾染著某種香氛，大概是他還沒進公司，此時身上只有淡淡的沐浴乳香氣。

我的心跳有點快。

「再堅持幾天就會慢慢適應了。」

「我覺得——」

「這樣吧，妳堅持跑完一個星期，我再帶妳去個秘密景點。」

一個未知的秘密景點有比我的雙腿更重要嗎？

我不太確定，但當程泰宇在早上六點半按響我的門鈴，我的反應居然不是埋頭繼續睡，也不是開門罵他神經病，而是快速地用冰水將自己潑醒，三步併作兩步地走到玄關打開門。

他從來沒問我為什麼心血來潮開始晨跑，正如他也未曾探問我匆忙搬家的緣由，彷彿我所做的一切，他都理所當然地接受了。

我搬家，他替我將沉重的行囊扛到五樓；我偷拍合照上傳，他雲淡風輕地讓一切在眾人眼中成了定局；我偶遇前男友僵在路中央，他毫不猶豫地牽起我的手把我帶離凝滯的黑洞。

到公園晨跑，他會先任由我半死不活地跟逆風對抗，他用著自己的步調跑上三圈，最後放慢速度，完完整整地陪我繞完一整圈。

彷彿正用具體的行動告訴我，我的步伐再慢也不會耽擱他，然而我步伐再慢，他終究會繞到我身邊陪我一起走過終點線。

一天接著一天，晨跑漸漸對我不再顯得那樣艱難，不知不覺就撐過了一整個星期，時間總是在我們毫無所覺的時候流逝得格外快速。

「真不可思議。」

「人總是低估自己的潛能。」

「也不只這樣，比起能夠堅持晨跑，我會決定開始晨跑這件事情更不可思議……這幾個月來，在我生活中發生的變動根本像不同的時間流速，還沒消化好前一件事，後續各種事情就接踵而來。」我頓了下，繼續往下說著。「有種每一天都快要超出自己負荷的壓力感，但可能也因為沒有餘裕進行太多的思考或者預備，倉促做出來的決定或者選擇時常出現漏洞，但切換另一個角度來看，這段日子裡我所做出的一切，都更加接近我的本心。」

於是不知不覺就和程泰宇越走越近了。

我偷覷他的側臉，此刻我們正踏上前往他另一個秘密景點的路上。

他說到做到，在結束第七天的晨跑之後，在回程途中我的行事曆便多了一個行程。

「到了。」

我們停在一間設計簡潔俐落的店家前面，招牌上只有一組數字，大概是店名，而透明玻璃窗內，排列整齊的大量的神秘小玻璃瓶，以及滴管和試管之類的器材，簡直像某個品味過於時尚的實驗室。

程泰宇倒是熟門熟路地推開門。

玻璃門才被推開一點縫隙，一道混著各式香氣的涼風便迎面而來，彷彿用無形的氣味將人一瞬拉往現實之外的場域。

「這裡是可以自己調配香水的店。」他壓低聲音，身體也自然地傾低靠向我。「不過噱頭大於實質功能，畢竟不常接觸香水的人，試過幾種味道之後嗅覺敏銳度就會下降，最後只能大概地配出自己還算喜歡的味道。」

「這樣也能算你的秘密景點？」

「不管是什麼，自己親手調製出來的就是不一樣，而且過程中能和一起來的人分享自己喜歡的味道，這種交換其實是非常深刻的，所以我很喜歡這裡。」

所以你打算跟我交換什麼？

程泰宇的低語還盤旋在我的腦海中，身旁的他已經神色自若地向我介紹起各種香味的特色與搭配方法，彷彿對他方才帶起的風毫無所覺。

我輕輕地甩了甩頭，將注意力拉回眼前的瓶瓶罐罐，要從中一一嗅聞尋找出自己喜歡的味道，選定前味、中味、後味，不僅如此，還得決定每個香味添加的滴數比例……

頭好暈。

「我覺得自己就算把咖啡豆都吞下去，也救不回我的嗅覺了。」

程泰宇很不客氣地笑了。

縱使明白這是他的專業與工作，但對比他的嫻熟自得，我不免暗自一再質問自己——我是誰？我從哪裡來？我要到哪裡去——這三個哲學的終極問題。

「那、換個挑選標準吧。」

「嗯？」

「妳可以試試挑出妳印象深刻的味道，調製一瓶含有特殊回憶的專屬香水，妳覺得怎麼樣？」

「我試試看……」

沒想到，我的指尖毫不猶豫地落在了貼有玫瑰標籤的瓶子上，不由自主地回想起每一個難以入睡的夜晚，噴灑在房間內的晚安香水緩緩地安撫我躁亂的心緒。

隱約的玫瑰香氣滲進我每一個夢境，讓我漸漸感到放鬆；又或者，當我想起那堵薄牆另一側的那個人，也加深了那份我尚未察覺的安心。

我的視線又落在茉莉的瓶子，瀰漫在與前男友同居過的屋內的濃郁氣味，曾經我以為會成為自己厭惡的味道，直到程泰宇和我重返那個我與前男友定情的攤位前，我終於理解並接受了自己的愛過。

茉莉的香味沒有走調，變質的不過是我和張嘉楷。

最後我拿起了一瓶沉穩的松木香，那近似於他的沐浴乳味道，當他揚起笑容輕聲對我說早安，每一聲都往我的內心深處放進了一些什麼。

無論是前味中味或者後味，都是與程泰宇有關的記憶。

「我選好了。」

他的神情有些詫異，畢竟相較於十分鐘前深陷選擇障礙的我而言，這一次拿取出最終答案的速度快得像是敷衍了事。

但程泰宇卻給了我一個溫柔的微笑。

「好不容易調配出來的香水，要不要替它取個名字？」

名字？

直接貼上「程泰宇」這三個字其實也滿果斷乾脆的。

然而，對於感情我一直都不是個衝動不計後果的人，更何況我和程泰宇認識的日子實在太短了。

短得讓人不敢輕易地跨出步伐。

垂下眼我緩而輕地說：

「可能，會叫做『喜歡』吧。」

「『喜歡』？」

「嗯。」抬起頭我泛開笑容，「因為都是我喜歡的記憶。」

無論前方的路我和他會如何往前走，被彌封在小小玻璃瓶中的氣味，都是我生命中美好並且珍貴的記憶。

沒過幾天我就收到了香水成品。

我忽然發現氣味確實是非常神奇的存在，精緻玻璃瓶中盛裝的透明液體，不管怎麼看都分辨不出內容物，但逸散而出的味道，儘管誰也看不見它的存在，卻極其輕易地喚醒埋藏在心底的記憶，與感情。

——喜歡。

我的心跳不由自主地加速。

於是我草草整理過夜行李急忙想投奔夏雨，想給自己尋找一個冷靜緩衝的安全區域，沒想到，我才推開公寓一樓大門，就迎面撞上程泰宇。

「要出門嗎？」

「到朋友家住個兩天……離公司比較近，這幾天需要加班得晚一點……」

莫名湧升的心虛感，迫使我端出一個合理的說明，本來打算傳訊息請他這幾天不必等我一起晨跑；只是，當他站在我的面前，我更加強烈地感受到，自己有多期待每天早上他的那一句清朗的早安。

「等妳回來，再一起晨跑吧。」

我的手不由自主地捏緊行李箱拉桿。

此刻的我應該從善如流地點頭，揚起笑容爽快地告別，前往一個離他稍微遠一點的地方，給自己多一點時間和多一點餘裕，才能更明白地沉澱自己真正的心情。

可是我卻挪不動腳步。

「看樣子妳的行李很重，需要我幫妳提嗎？」

程泰宇笑著打趣我，我卻突然鬆開了握住行李拉桿的右手，將視線定格在他溫文的臉龐上。

誠如夏雨給我的評價，我確實是個瞻前顧後的人，然而眼前的男人卻打從一開始就沒有給過我猶豫的緩衝空間。

「我想起有東西要拿給你。」

「給我？」

「嗯。」我斂下眼，讓呼吸變得很輕很輕。「雖然有點突然。」

我沒有多做解釋，跟著程泰宇緩慢而確實地踏上五樓階梯，兩個人的腳步踩得很輕，安靜的樓梯間裡依舊迴盪著不容忽視的聲響。

大抵人的感情也是如此，無論如何小心翼翼，或者想盡辦法讓內心的感情不要驚擾到哪個人，但我們心跳的鼓譟、呼吸的紊亂，以及眼神的流轉，早已將周旁的氣流大肆擾動。

「你等我一下。」

我隨手將行李扔在門邊，飛快地跑進屋內，那瓶剛送達不久的香水正安靜地擺放在充當床邊桌的矮凳上。

「冷靜一點，蘇郁芬，妳還有機會可以拿冰箱的鳳梨酥來搪塞過去……」然而，我們總是有一個又一個能夠後退的機會，卻可能僅有一次前進的機會。

我拿起矮凳上的香水，不讓猶豫拖住自己，快步地朝門外走去。走向程泰宇。

在後悔的心思追上來之前，我逕直將香水遞到他的面前。

「送給你。」

「這是、那天配製的香水？」

「嗯。」

雙眼緊盯著他修長的右手，香水被小心接過的瞬間，我忽然感到一股安心，卻又有一陣劇烈的緊張襲捲而來。

我緊緊握住雙拳。

事到如今，不把話說清楚就太欲擒故縱了。

「你讓我替香水取名，我告訴你，因為那些味道都是我喜歡的回憶，所以取名為『喜歡』。」我深吸一口氣，拚命告訴自己冷靜一點。「那些味道是我喜歡的回憶，而那些回憶……那些回憶裡都有你。」

他的神情漾開顯而易見的詫異。

一百毫升的香水，此刻或許讓他承受了沉重的重量，因為一個人的喜歡，有時候特別的輕，有時候又顯得格外的重。

「程泰宇，雖然你出現在我生命中只有短暫的幾個月，但也許，當你踹開門的那一瞬間，有些什麼就徹底被改變了。」

我努力扯開唇角想給他一個明媚的微笑，眼角卻不知為何滑落了一顆又一顆的淚滴。

「……我喜歡你。」

終於將埋藏在深處的感情遞送出去，我鬆了很大一口氣，只是那份重量似乎轉移到了程泰宇手中，他一動也不動地站在原地，連視線似乎都定在我臉上的同一點。

我胡亂抹去眼淚，勉強擠出一個笑。

「有點突然，我想你需要一點時間來消化，剛好我這幾天不在。」我重新抓住行李箱，用盡全身精神和力氣演繹出成熟大人的模樣。「下次見面，希望我們還是能好好打招呼，那我先——」

——我才剛剛轉身，衣領就被毫不留情地揪住。

他突如其來的舉動多少有一點當初踹門的爽颯了。

「我一句話都還沒說。」

我半旋身側頭望向程泰宇，他鬆開手，一個箭步走到我的正前方。完全堵住我的去路。

「……所以？」

「我調製的香水今天也送到了。」

當然，我跟他可是同一天同一個時刻一起填配送單的啊。

我的思緒飛快運轉著，難道，他的意思是「我自己也有一瓶香水，妳的香水就自己留著吧」？

他拉著我移動到他家客廳，一模一樣的香水瓶赫然出現在眼前，在他的示意之下我乖順地湊近鼻子，深深吸一口氣。

接著是一個又一個瘋狂冒出的問號。

「嗯？」為了避免自己的鼻子出現問題，我又用力地吸了一口氣。「……黑糖紅棗？」

到底怎麼樣才能利用店家提供的那些香味瓶調出黑糖紅棗味呢？這就是專業人士的能力展現嗎？

「我說過，我現在感到最深刻的味道，就是黑糖紅棗味。」

我的心跳漏了一拍。

空氣中瀰漫著香甜的黑糖紅棗味，我有些想哭，卻忍不住笑了出來。

「好歹也找個可愛一點的味道吧……」

「黑糖跟紅棗哪裡不可愛嗎？」

我想我一輩子都不可能說出口，當初那一杯黑糖紅棗茶，是因為那是我所擁有的唯一一樣勉強具有療癒性質的東西；但我想，很多時候能滲進人心的，也就是簡單樸實的一杯黑糖紅棗茶。

正如同他的一聲早安，是極其日常的問候，卻替我帶來一道暖陽。

「程泰宇，沒辦法跟你一起晨跑的日子，你一樣會跟我說早安嗎？」

「我會。」程泰宇深深望進我的雙眼，此刻，我和他的眼中都映現著彼此的身影。「因為我希望我往後的每一天都有妳。」

The End

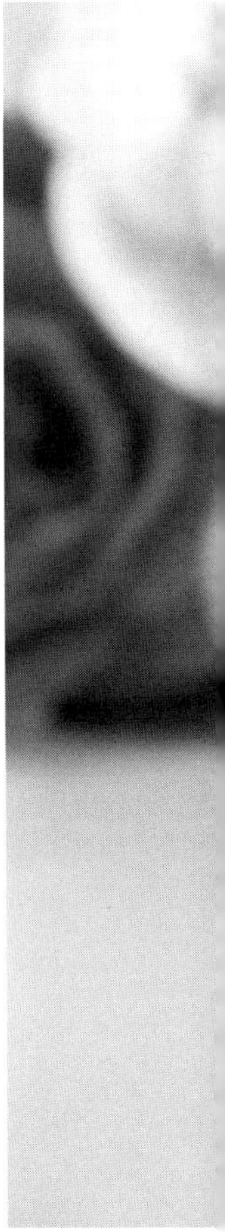

尋香

/ 苓菁

他喜歡她身上的香味。

宋昱宏停下腳步，看著一旁的香水店，那是一間販售各廠牌香水的店家，各種香氣濃郁交雜，其實已經到了過分甜膩且不好聞的境地，但充斥在空中的味道，卻成為吸引人的特點之一。

他站在門口猶豫著，她身上的氣味沒有這麼濃烈，是非常好聞的味道，他就沒勇氣去問她，連交談都沒談過，偏偏卻想買一瓶她喜歡的香水送給她。

「歡迎光臨！需要什麼嗎？」鞋尖才踏入店面，美豔的服務人員即刻上前。

呃……他一時尷尬的說不出話來，只能靦腆的看著店員，吞吞吐吐的不知道該從哪個字開始：「我……那個……我先看看……」

「要看什麼我可以幫你介紹？送女朋友的嗎？」店員依舊積極。

「我……」他反而快說不出話了，他從來就是個不擅言詞的人啊！「就是……」

「就讓他慢慢看，有需要再找妳！」

右手邊莫名的冒出一個聲音，他驚愕的回頭，是個非常高䠷的女生，她戴著棒球帽、寬鬆的運動服跟短褲，朝他使了眼色，要他跟著她走；宋昱宏不敢對上店員的眼神，低下頭就趕緊跟那位運動風的女人走了。

女人真的非常高，因為他自己逼近一百八十公分，眼前的女人幾乎要跟他一樣高了！低頭走路的他只能瞧見對方的長腿，小腿上滿滿肌肉，看來是個愛健身的女孩啊！

女人突然止步，宋昱宏一時不察直接撞了上去！

「啊啊……對不起！」他撫著鼻子，羞窘的慌亂。「我不是故意的，我只是……」

「你別那麼緊張！」她笑了出來，「你也太可愛，這麼容易害羞？」

可、可愛？面對這種「讚美」，宋昱宏只有更加羞怯的分兒了，鼻子撞得可疼了！好難為情啊！

「哎唷，你耳朵都紅了耶！」女人側首打趣地說，「你弄到我都要跟著害羞了！我跟你說，你別不懂得拒絕別人，遇到那種店員，就直接說你想慢慢看就好了。」

宋昱宏深吸了一口氣，要是這麼簡單，他犯得著在這邊尷尬嗎？

女人看著滿臉通紅的他，只覺得有趣，也不是小孩子了，居然這麼容易羞赧？她沒再說什麼，轉身就走。

確定她離開後，宋昱宏才緩緩抬起頭，他就是那種很宅的人，喜歡電影、動漫、模型、電動，雖然他並不討厭與人相處交際，卻不擅長交際，而且因為個性內向，交際時間不能長，他會覺得很疲憊。

天生拘謹害羞，不擅言詞，每天下班後的確只想趕著回家，只有回到自己家裡那個小天地，才能全然的放鬆；買東西都靠網路，反正現在外送太方便了，所以平時的他，根本不可能到店裡消費，更別說面對那種積極的店員了。

但香水可沒辦法用網路聞啊；而他又太想找到那個香味了。

店裡除了香水，就是琳瑯滿目的美妝產品，他看得眼花撩亂，走過一排又一排的貨架，發現香水試聞全部都放在店門口，偏偏就是那些積極店員的所在地。

他站在某條甬道上朝門口看，期盼著哪個客人進來，將店員全都吸引走，他就能去那邊一個個試聞了。

「你要挑香水喔？」熟悉的聲音二度響起，「你站在這邊是聞不到的吧？」

他吃驚回頭，再次與運動服女子碰了面。

「呃……我……」他又愣住了，「就……」

「你很妙耶！我帶你去！」她笑了起來，宋昱宏一時無法分辨那是不是嘲笑，他、他就是這種個性啊！

女人領著他到了那三大桌的香水試香區，一站到那兒就對店員說他們要自己看，勿擾，店員皮笑肉不笑地應付著，接著悻悻然地離開了。

「送女友嗎？哪牌？」女人邊說，一邊拿了瓶香水起來噴。「這瓶味道挺好的，你聞聞。」

宋昱宏湊前去聞，立即皺眉，這味道太濃了，不是這瓶。

「我……我其實不知道是哪牌，我就是聞到一個香味，非常喜歡，我想找出那瓶香水。」

女人圓睜雙眼，誇張的張著嘴。「先生，你這沒頭沒尾的，要怎麼找？至少要有牌子？或是基調？」

「基調？」這詞他可沒聽過。

哇，女人忍不住笑了起來，這是個完全沒概念的人耶！這樣也想買香水？

「我看你根本什麼都不知道吧？如果只是想送人，就挑個大家都熟悉、又平易近人的牌子就可以了！」她良心建議，「不然你這樣子是找不到的！」

「我就是……想要送那個味道的……」宋昱宏窘迫地笑著，他是真的不懂香水，但也是真的執著。

有點耿直啊！謝君帆覺得有趣，順手把眼前陳列的香水拿起，再噴在試香紙上。「你再聞聞這個。」

宋昱宏照做了，反應很快地搖頭，那味道太衝鼻，絕對不是！他有樣學樣的也拿起其他瓶子噴在試香紙上，這樣試不到五瓶，他開始覺得聞不出什麼特別的香味了。

鼻前只嗅到濃烈的味道，再難分辨。

「差不多嗅覺疲勞了，長時間處在這麼香的地方，你聞不出來了！」她給了建議，「不如好好的去問問對方用的牌子，再過來買，不然好歹也得先聞出一種氣味啊！」

「……好。」問？他要是敢的話，需要在這裡聞嗎？「那現在……」

「就改天再來？或你出去晃一圈再回來吧，你暫時聞不出什麼了！」她聳了聳肩，「加油！祝你可以找到想要的牌子！」

她轉身離開店外，一舉一動都帥氣得很！

宋昱宏笑著目送她離開，心情有點兒好，今天居然跟一個陌生人搭上了話，而且還聊得算……挺自在的？看，真要社交他也是行的嘛！

只是笑容還鑲在嘴角，服務人員的身影緊接著逼近，他立刻嚇得一個哆嗦，趕緊衝出了店面。

走出店外真的有種聞到「新鮮空氣」的感覺，即使大路上其實車水馬龍，空污嚴重，但那衝鼻的香水味正逐漸消散！他還用力做了幾個深呼吸，反正這間店就在下班的路上，不如聽剛剛那位女子的話，先有個方向再來找吧！

不過……光要找到方向就很困難了。雖然在同公司又同層樓，但部門不同，平時也只是點頭之交的交情，貿然去問也太誇張。

可是啊，他總是會在腦海中浮現她微卷飄揚的長髮，每次她經過他身邊時，散發出那股清新香甜的氣味……他真的想要找到那瓶香水，想要親手送給她。

下班的捷運相當擁擠，他小心穩住身子，側背包護在身前，完全不敢去妨礙別人，因為他也是個不喜歡別人太近的人，尖峰時間算是他每天必經的惡夢，還有這整個車廂的臭氣沖天……有些人體味很重，但更多的是汗臭味，這時他都會懷念起日本的電車，無論何時，都不會聞到這種可怕的味道。

哎呀，他自己呢？他其實都有買止汗劑，就是因為自己受不了這種臭味，所以並不想打擾他人。

到了某個大站，下車的人多，但眼看著上車的人更多，他趕緊往裡頭走去，不想等等被大批人潮又擠得動彈不得……這麼挪呀挪的，他好不容易挪到了桿子邊，這裡向來是個好地方，有足夠的空間可以……嗯？

他正朝車廂另一頭望去，卻愕然發現剛剛那個運動風女人，正隔著重重人海，就他的三公尺開外。

這麼巧！他不知道要不要打招呼，該笑？不笑？慌亂的左手半舉著活像招財貓，不敢舉起，又不知道要不要放下，最後錯失了打招呼的先機，只能無地自容的閃避眼神，乾脆盯著自己的腳尖。

哎呀，為什麼這麼沒用？剛剛在店裡不是還侃侃而談嗎？

宋昱宏這下完全不敢抬頭了，好不容易捱到了自己該下車的站，匆匆下車，下車後才敢回頭看了身後，試著朝車廂裡望去……可是人這麼多，其實也沒辦法看見那個女人了！

「你緊張什麼啊……」他自言自語著，從口袋裡拿出悠遊卡，跟著移動的人潮上樓。

結果準備出閘口前，卻在前方又看見了熟悉的背影——咦？他愣住了，那帽子那衣服那身形，有這麼巧的事嗎？

女人正刷卡出站，接著遲疑幾秒，選擇往右邊轉去，只是這一轉身，似乎就瞧見了他！

女人是皺著眉的，用很不解的眼神遠遠看向他，宋昱宏嚇得趕緊左顧右盼，怎麼捷運閘口附近沒地方躲啊！他能閃到那邊去？慌亂的他最終發現了洗手間，真是救命稻草，二話不說就往洗手間裡躲！

嚇死他了！進入洗手間的宋昱宏一顆心都快跳出來了，真有這麼巧的事？那個女的跟他住在同一站嗎？不過同站也不代表什麼，畢竟很多人都是騎U-BIKE，不過住在同一區是確定的。

不對，搞不好她是來找朋友的……男朋友！明天是週末嘛，這絕對有可能！

這麼想著，他又覺得自己想這麼多很可笑？不過只是萍水相逢罷了！

在洗手間磨了幾分鐘，他這才出站，人潮已經少了許多，他從二號出口離開，也正是剛剛那個女人選擇的出口；邊走邊思考著晚餐應該吃什麼，小週末照理說該吃點好的，但家裡附近實在都吃膩了！

捷運站附近有一間便當店，他站在門口遲疑，是不是買個便當加飲料，回去就算解決一餐了？抬頭看著菜單時，自動門伴隨著門鈴聲敞開，走出了高䠷的長腿女人。

「這有點過分了喔？」謝君帆不客氣的走了過來，「你跟蹤我嗎？」

宋昱宏嚇到了，他真的顫了身子，惶恐地看著又遇見的女人，連忙後退了數步，謝君帆的聲音宏亮結實，這一喊店外的人紛紛側目。

「沒、沒有！我是在看要買什麼便當！」他可慌了，跟蹤？他哪有那個膽子做這種事啊！

「你跟我下車已經很扯了，還一路跟到這裡？我只是順手幫了你，沒有別的意思！」謝君帆擰著眉心，「而且我有男朋友了！」

路人圍觀外加指指點點，還有人拿起手機，這讓宋昱宏完全慌了手腳。

「我、我就住這裡，我沒有跟著妳！」

「這麼巧？」她挑高了眉，「好，你住哪裡？」

她不客氣地再上前一步，嚇得宋昱宏繼續後退。

看這慫樣，女人有點想相信他的話了，這男人是真的快嚇出心臟病的樣子。

「就前面，那棟棕紅色的馥郁社區！」他趕緊指著不遠處的前方，因為樓高，所以一定看得見。

謝君帆瞪大了眼睛，她沒順著他指的方向看，只是盯著他通紅的臉。

「這麼巧啊……沒事了沒事！誤會！」她擺擺手，叫圍觀的人散開。「你住馥郁？」

宋昱宏好不容易才換了口氣，點點頭。

「妳不會……」

「沒有，真的這麼巧就絕了，該去買彩券。」她笑了起來，「我住馨香。」就一條馬路之隔，對面棟，同一個建商的雙子社區「馥郁馨香」。

兩個人面面相覷，半晌吐不出一個字，宋昱宏好一會兒指向前方。「那邊有一間彩券行……」

「走！」謝君帆俐落的轉身，她當然知道那邊有一間彩券行！

他們真的走了進去，各買了張彩券，等待途中兩個人忍不住相視而笑，天曉得真的有這麼巧的事！

「我叫謝君帆。」她伸出手，禮貌的打招呼。

「我叫宋昱宏。」他緊張的先拿手在衣服上搓了搓，深怕有手汗。

簡單的握手之後，謝君帆還是覺得太有趣，她剛剛走出燒臘店時，真的第一時間就覺得那個看起來內向老實的傢伙居然是個跟蹤狂！

「妳吃什麼？」宋昱宏看著她手裡的袋子，居然有三盒！

「喔，我買了半隻燒鴨，冰起來以後可以分餐吃，這家還不錯。」謝君帆說得其實很勉強，連宋昱宏都露出困惑的眼神。

他覺得這間店就是地點好，價格還行，算在可以吃的範圍。

「其實啊，再往前……就是走到超市那邊的街上——」他沒敢說太大聲，「有另外一間港記，妳也可以試試。」

「喔，我知道！」她倒是說得大方，「這間就近啊！我想著買一下往前走就到家了，不必繞路。」

說的也是，地點向來很重要！看看那間燒鴨店現在外面排隊的人絡繹不絕，還有等外帶的，生意就是好。

兩個人再一起往前走著，畢竟是同個方向，眼看著社區就快到了，但宋昱宏還得先去買個吃的再回家。

「我要先去買晚餐。」他隨手比劃著，「得先去……找個東西吃。」

「噢……」謝君帆認真的看著他兩秒，「要不一起吃飯怎麼樣？」

咦？宋昱宏當即愣住，一起、一起……她不是才剛買了燒鴨嗎？喔對了，她是要放在家裡吃的！第一次跟陌生人一起吃飯，這簡直讓他腦子裡一團亂了。

「你不想？」面對他的沉默，謝君帆也是很有自知之明。「好，我知道了。」

「想想想想想——」宋昱宏情急的連續喊出聲，「我只是嚇到而已！」

他這連續又急切的想，反而多了種迫不及待的感覺，這讓謝君帆瞅著他忍不住發笑，太可愛了。

「你真的很容易緊張耶！放輕鬆啦！」她轉身領路，「我帶你去吃一家超級好吃的秘密料理！」

「秘密……」他遲疑著，「謝小姐，妳還記得我也住在這附近嗎？」

「唷，會開玩笑耶！」她半調侃著說，「我可不是隨便說說的，我覺得知道那間店的不多！」

他住這裡七年了耶！宋昱宏好奇又期待著跟著她走，這附近還有什麼他不知道的店嗎？就是吃都吃膩了啊……除非要走個一兩公里以外的地方，才會有新的店家。

可是看著女人從彩券行旁的巷子走進，那裡頭全是住宅區，小吃店跟餐廳幾乎都在大路上，住宅區沒有啊……這倒令他提高了期待！轉了三次彎，過了一條小馬路，依舊全是住宅區，終於連接到另一邊街區的某條巷子裡。

「水電行。」他抬頭看著上面陳舊的招牌唸著，那字體已經淡到只剩輪廓線了，是間歷史悠久的店家。

「旁邊！看過來……」謝君帆舉高右手，用力往右方指去。

水電行的旁邊就只是一般住家，鐵門拉起，看進去像是車庫，只見她大方地走入，通往室內的門並沒有關，而且還如同一般民宅，就是個往外拉的鐵門，裡面還有道紗門。

這時，宋昱宏終於在門的一旁瞧見牆上掛了個用紙板寫的牌子「陳阿姨小吃店」。

這什麼？他錯愕地呆看著紙箱牌子，謝君帆已經帥氣地拉開鐵門，朗聲朝裡頭喊著。「阿姨！兩位有沒有位置！」

宋昱宏趕緊跟進去，結果裡面還真的就是餐廳！大概有八張桌子，有對中年男女在開放式廚房那兒忙進忙出。

「有有！有位置就坐，桌上有菜單。」花白頭髮的阿姨喊著，正巧端著菜出來。「欸，是妳喔！好久沒來耶！」

「是啊！好久不見！」謝君帆笑得開朗，就近找了張桌子坐下。

真的是小吃店！宋昱宏萬分震驚，他壓根兒不可能往這兒來，因為這一片就是普通住家啊！而且那個招牌寫得這麼隱密，誰會知道這裡有小吃攤啊！

店家賣的是熱炒小吃，酸菜大腸、腸旺等等，一屋子香味四溢，宋昱宏坐下後一直處於咋舌狀態，他真是萬萬沒想到！謝君帆勾了兩樣菜後，把菜單遞到面前。

「你看還想吃什麼？」

「妳怎麼會知道這裡？」他忍不住問了，「虧我還住在這一帶七年，我居然不知道！」

「嘿嘿，就跟你說是秘密小吃了吧！原來他們也是有塊塑膠招牌，掛在水電行招牌角落，後來掉了之後就懶得再裝，反正老客人都知道。」謝君帆笑著朝廚房看，「阿姨他們夫妻也是做好玩的。」

做好玩的，真有點羨慕！宋昱宏勾選好菜單後，起身就往廚房邊去，謝君帆伸手要接時還愣了幾秒，因為這原本……是她習慣的動作。

廚房裡的阿姨轉過身接單，跟他確認菜式，問著哪一桌。

「三號桌喔，三號……咦？」她看著宋昱宏，有點錯愕。「好好！等一下喔！」

「好！」老闆娘的態度怎麼怪怪的？宋昱宏有點好奇。

他走到一旁拿餐具時，就聽見阿姨轉頭跟老公說道：「那個小姐換男朋友了耶！」

「咦？是喔？哪個？」

「等等再看啦！你先炒菜啦！」

咦，剛剛在燒臘店外時，她不是才說她已經有男朋友了嗎？宋昱宏猜出了七、八分，但不多話，默默的拿過餐具回到桌邊，謝君帆彼時正在滑手機，見他回來坐下後，趕緊放下手機，帶著點急躁地就要起身。

「咦？餐具……你拿了？」她顯得有點震驚，緩緩坐下。「居然這麼周到，連紙都拿齊了。」

湯匙、筷子、紙巾還是折疊好放在一旁的，唯獨沒幫她倒飲料而已。

「我看見妳揹水壺，直覺妳可能不喝茶，而且我也不知道妳愛喝什麼，就沒拿了。」宋昱宏指向角落兩個口味的茶飲。

謝君帆笑著拿出自己的水壺，「我的確不喝飲料，謝謝。」

她說著，盯著桌上的餐具有點失神。

她都快忘記……原來有人也會幫忙拿餐具啊！她一直以為這是她的工作，總是隨時隨地準備要去安排這一切。

沒多久阿姨便上菜，還多看了宋昱宏好幾眼，後來連叔叔都刻意出來晃晃，宋昱宏實在很難為情，因為他剛聽見了他們的對話，知道叔叔是來看八卦的。

「欸，這位是……」結果叔叔還真的問了，「男朋友？」

「嗄？不是！不是！」謝君帆趕緊搖頭，「朋友！剛認識的，而且他剛剛好住在附近喔！馥郁那邊！」

「啊！馥郁啊！近耶！」叔叔笑容滿面的，「有空常來吃，一起來！我們家分量一個人有點吃不消。」

宋昱宏點點頭，是啊……桌上四盤菜，一盤比一盤大。

「吃！吃不完打包！」她拿起公筷就夾，「這家菜真好吃，但就是分量大，想吃多樣得多點人。」

「我們才兩個……」他打趣地說。

「總比我一個人來吃好啊……或是——」她刻意俏皮地問，「你下次可以帶香水的主人來，就能一起吃了！」

咦！宋昱宏霎時間滿臉通紅，筷子都差點滑掉了！這逗得謝君帆呵呵大笑，看見這麼大一個男人，既緊張害羞又內向的，真的靦腆得可愛！

謝君帆好奇地繼續抓住這個話題不放，問著他到底想送給誰香水？怎麼會搞到連牌子都不知道？結果換來他支支吾吾，他只是在單戀，所以才想要買那女神喜歡的同款香水，可是他對香水一竅不通啊！

怎麼這麼純情啊？謝君帆看著宋昱宏，覺得實在有趣。

「這樣吧！我幫你！」她突然豪氣干雲地說，「我們先找出基調，至少要聞到一種元素，然後再來找！」

「這……這不好吧！好像太打擾妳了！」宋昱宏嘴巴這麼說，但心底卻湧起了希望，有女性幫忙，總比他一個人亂猜瞎摸好啊！

「沒差啊，我們住得又近！」謝君帆很乾脆，「今天會在那邊遇到你，你該不會也在那附近上班吧。」

宋昱宏當即說出了自己公司的名字，謝君帆瞠目結舌，雖然不像住在對面社區這麼誇張，但他們連公司都是相隔不到五分鐘的距離。

「我彩券真的是買對了！我有預感會中！」她舉起保溫杯，宋昱宏趕緊拿起他的麥茶，兩人還煞有介事地乾了一下。「中大獎！」

「要是真中了大獎，我就……」宋昱宏才要出口，突然難為情的煞住，逕自乾笑起來。

「就什麼啊，說話這麼吞吞吐吐的？該不會是說要把所有香水都包下來，送給對方吧？大哥，千萬不要！」謝君帆語重心長，「你才說了你跟她不熟，這樣做會嚇到女生的。」

「不是啦！我是想買模型……抱歉有點宅。」他其實並不會覺得丟臉，可是不知道為什麼，外面很多人都會用奇怪眼神看待他們。「模型越來越貴，現在也不太敢亂買。」

謝君帆挑高眉，「哥吉拉？悟空？還是蜘蛛人？漫威系列？」

宋昱宏亮了雙眼，「基本上帥的我都想買！好看的、相像的、塗裝精細的，每個都值得收藏啊！」

「我懂！我超懂！」

那天一直到吃飽飯，他們各自打包喜歡的菜式，再到一起走回家的路上，整路都在討論電影跟模型，宋昱宏是真的沒想到這個女孩居然也喜歡英雄電影，而且對模型非常熟悉耶！他們甚至後來還聊到了電動，甚至打同款！

這什麼緣分啊！宋昱宏好久好久沒跟人聊得這麼開心，以至於到了馨香社區樓下，他們還有點依依不捨。

「小帆！」鄰居夫妻出來散步，跟她打了招呼。

「嗨！」她有點尷尬，留意到鄰居眼神都放在宋昱宏身上。「那個，我要回去了！」

「啊！不好意思，我一聊到喜歡的東西就會這樣！」宋昱宏趕忙道歉，「對不起喔，打擾到妳休息了！」

「沒有啦！你等我研究一下，再來看怎麼買香水送人！」她邊說邊退後，揮手道別。「晚安！BYE！」

宋昱宏也心滿意足的回頭，今晚真的太好了，上一次這樣跟真人聊天，都不知道是什麼時候了——啊！他戛然止步，雖然剛剛才說要再試香，但是、但是他們沒有留聯絡方式啊！

練習一下吧！宋昱宏，不然等真的跟那個她要加 LINE 時怎麼辦？

「欸，那個——」他鼓起勇氣回頭，喊了出聲。「加個 LINE？」

背對著他的謝君帆，嘴角悄悄揚起了一點點連她都不知道的笑意。

就差幾秒，她就要回頭主動說加 LINE 了！她剛剛還想著他們似乎忘了交換聯繫方式呢！

兩個人這次互換 LINE 之後，再說句晚安，便各自回家了；宋昱宏還有點不放心的確定她走進了大樓裡，等了一會兒沒什麼事，這才過馬路回到自己家的社區中。

呼，不難嘛！他靠著電梯裡的鏡子，掩不住的笑容，不但交到新朋友、還有機會找到她愛的香水，怎麼這麼美好啊！

※　※　※

關上門，面對一屋子的黑暗，謝君帆沒有急著開燈。

扔下手裡的東西，就著屋外的燈走到餐桌邊，先把食物扔上餐桌後，便走到角落的儲藏間外，按開了燈；裡頭是成堆的紙箱，不知道放了多久，每個外箱上都寫著字，好讓她記得那裡面是什麼。

哥吉拉、金剛、美國隊長、蜘蛛人……是各式各樣的模型，過去她喜歡的，而「他」討厭的。

一股強烈的衝動突然湧上，謝君帆心跳變得急促，呼吸劇烈起伏，她扭頭將整間屋子的燈全部打開，找到一個袋子，開始走到她客廳的陳列架上，把上面的照片、裝飾物，全部掃進袋子裡！無論易碎或是多珍貴，她全部一眼不多瞧的掃盡。

接著拿出抹布，從上到下好好的擦拭，讓每一個層架都光亮如新後，便將儲藏室裡的箱子全部拖出來，一個個拆開，小心翼翼地把裡面包裝完整的模型盡數拿出，再好整以暇地擺放到架子上。

「哪有女生在玩公仔的？」「妳這買得也太誇張了吧？」「妳這麼漂亮精緻，怎麼會喜歡怪獸那種東西？」「這擺在家裡不好看，不適合妳……妳看，我買了這漂亮的花瓶，就擺這裡吧！」「這個薰香也不錯，妳把這些收起來吧！」

謝君帆一邊割著箱子，腦海裡一邊浮現著他所有的話語，他嫌棄模型浪費錢又無趣，「女孩」不該玩這些，她「適合」更精巧更可愛的物品；他一點一滴地改變她，她則一個接一個地將模型收起，直到某一天，她覺得浪漫的擺飾品跟公仔不合，所以她主動收起了那些模型。

主要是，他不喜歡嘛。

握著美工刀的手使勁，想到這一切她就一肚子火，淚水無法控制地滑下，緊接她突然跳起，衝回了房間！

她房裡梳妝台上，放了滿滿的香水。

她是懂的！因為在「他」的調教下，她適合噴什麼香水、哪種才符合她的模樣，各種品牌她都有概念——但她不喜歡！

抓起垃圾桶，她把香水也全掃進去，這些味道根本都不能代表她，她一點兒不甜美、也不精細，她喜歡健身、喜歡戶外運動，喜歡短褲布鞋，那些優雅淑女可愛風的衣著，全部不是她！

「我去你媽的！」她發狂的對著鏡子裡的自己吼著，「妳怎麼這麼沒用啊！人家叫妳穿什麼就穿什麼、噴什麼香水就噴什麼香水，妳還有沒有自我啊！」

望著鏡裡這個狼狽的自己，看看為了愛情，她把自己搞成什麼樣了？簡直面目全非！

今天那個叫宋昱宏的明明就住在對面、公司也在附近、上下班路線與時間都一致，為什麼這幾年來從未偶遇？

那是因為她分手了！在這三年來，她的心都在另一個男人身上，為他付出，為他改變自己，不是住在他那邊，就是每天等著他……下班後她可以在公司空耗，或是在附近閒晃，就為了等他一起下班吃飯；假日也是去他那邊，生活只圍繞著愛情，當然不可能碰見像宋昱宏那樣生活規律的人。

其實分手後一個月，即使是今天，她都還愚蠢的在下班後閒晃，似乎是期待著能與「他」再次重逢一般，她恢復了自己喜歡的裝扮，像示威一樣的希望能再見到他，彷彿想表現出我很好的模樣。

其實她一點都不好對吧？光是每天耗時間閒晃，期待著再見他一面，就已經很糟糕了！

扔下垃圾桶，那些甜到過頭的香味撲鼻而來，甜膩得讓她反胃，她走出客廳，想找個木質調的薰香，想讓自己的情緒平復些，只是才拿起打火機，又想起了這些薰香，也是因為他而買的……

「我……」她搓著髮，心亂如麻。「你怎麼無處不在啊！」

她痛苦地低吼，但最後還是點燃了薰香，檀香味一飄散，聞著就令人心靜許多；謝君帆緩緩跪坐在桌邊，看著一地的混亂與紙箱，再看著尚未擺放妥當的模型，心中多少還是有點暢快。

「總是該放下了。」她自言自語著，「這是個好機會，就放下吧！」

今晚不再空等，正是因為遇見了那個可稱為鄰居的宋昱宏。

他身上有股極淡的香氣，那是前任使用的止汗劑，都是她買的，她非常熟悉，因為那股香氣讓她多瞧了一眼，也留意到在服務人員面前手足無措的他。

所以這個相遇的意外，阻止了她無止境的等候，否則她現在說不定還在公司附近等待著「偶遇」；也因此再去吃那間她喜歡但「他」不愛的熱炒店；甚至也因此想起她曾經深愛，卻被封在儲藏室的模型。

她覺得那個靦腆的男人像是個推手，急速地推著她向前、推她離開失戀的苦澀與泥潭。

失戀是很苦很痛的，沒有誰能迅速走出，更別說她與他擁有三年多的感情，可是人總是要往前，而宋昱宏就是個讓她能往前走的動力。

用力抹去臉上的淚水，她回到自己房間，把垃圾桶拖出來後，再將裡面的香水一瓶瓶撿出來。

「沒必要浪費東西，能送的我就送掉吧。」香水盒子她都有留下，送給朋友閨密都行。「然後，來好好幫他追女神！」

是他讓這些模型重見天日，讓她想快速跨出這一步，她當然也得好好答謝人家嘍！

※　※　※

接下來的日子，扣掉上班時間，宋昱宏成為了另類的「尋香者」。

他與謝君帆平時就約著一起上下班，互相介紹知道的好吃早餐，當然最重要的是一起去聞各牌香水，謝君帆除了教他香水基本知識外，也努力找到一個他能記得的香味；晚上一起下班後，從公司附近再到住家附近，輪流帶對方去吃「各自地盤」中好吃的晚餐，像是在比較誰才是地頭王一樣。

認識的第二個週末假日，宋昱宏便直接邀她到家裡打電動，準備展現自己的收藏品，兩個人看模型打電動就這樣玩了一天，玩得不亦樂乎；第三個週末假日，謝君帆淡淡地告訴他與前任分手的事，並且決定斷捨離，徹底做回自己，所以那個週六，在宋昱宏的見證下，謝君帆親手剪去了及腰的長髮。

這段期間在公司裡，宋昱宏沒事就會去茶水間晃，畢竟跟沈如清是同層，一旦看見她去茶水間，他必定出現，只要能見到她都好，每次去都能聞到那沁甜花香，看見甜美的女孩。

「你喜歡喝 LOUISA 喔？」

第四週的某天，沈如清突然主動問了他這句。

宋昱宏興奮到快飛上月球了，因為他們公司樓下是星巴克，LOUISA 得去遙遠的地方買。是，他的確比較喜歡 LOUISA！

所以第五週，他約沈如清一起去吃晚餐了！

宋昱宏興奮得坐不住，不停看著捷運站上的站名，巴不得快點到家，跟謝君帆分享今晚與沈如清的初次約會！那天攀談後就有更多的聯繫，謝君帆開始教他怎麼跟女生聊天跟相處，至少要能聊，真的別一直講模型跟電玩，不能讓話題乾掉！

最後，無心地提出「附近有一間好吃的小餐廳，有空一起去吃」的邀約，結果沈如清答應了。

雖然只是簡餐，但他吃得是心花怒放，沈如清身上的香水味讓空氣都變甜了！他始終沒放棄尋香，尤其在謝君帆的幫助下，他越來越能分辨氣味了！像謝君帆後來自己挑的香水他就非常喜歡，中性帶著點海洋風格，非常非常適合她。

他傳訊息給謝君帆，他們可以去吃碗冰，順便報告今日戰況！

「這裡嗎？還是這裡？」

手機影片裡正播放著謝君帆自己，她把長及腰的頭髮紮成兩束，拿著剪刀上下移動。

「好好！這邊，這邊剪下去應該到肩頭吧？」拍攝者說著。

「肩頭？不要！我想要更短！」她轉頭往一旁的鏡子瞥了眼，毅然決然地把剪刀往上抬了幾寸，來到了耳下。「這裡好了！怎麼樣？」

「呵呵，只要妳喜歡就好啊！」宋昱宏的聲音很溫柔，「我一直覺得妳更適合短髮！好了嗎？三——二——一——」

她用力地剪下，其實那天手還真的有點抖，螢幕裡的她分了幾次才把左邊那束剪下，接著是右邊，當頭髮平均掉落在地上時，鏡頭裡的她，明顯的如釋重負。

「呵……呵……」她坐在地上，看著地上的頭髮乾笑。

「恭喜！做回妳自己！」宋昱宏手機晃得嚴重，居然比她還激動。

做回她自己。那天他的喊話讓她愣住了，下一秒便哭了起來，她太喜歡那個說法，不是斬斷前一個戀情、不是什麼我就不要留你喜歡的長髮，而是成為她自己。

那句話太戳人了，她哭得唏哩瀝嘩啦，宋昱宏慌得亂七八糟。

叮～LINE突然跳出訊息：「我快到站了！我們去吃黑糖冰！」

「吃冰？」謝君帆趕緊拿起手機看著，迅速的回應：好，我邊走去跟你會合。

接著轉過身，整理一下頭髮……得換件好看一點的衣服，幸好還沒卸妝，再撲一下粉好了！

手忙腳亂地換好衣服補過妝，她抓著手機出門，在電梯裡時還確認自己的狀態，但旋即卻無奈的自嘲起來……忙什麼啊？他現在是在跟別的女人約會，吃冰鐵定是來報告戰況的。

謝君帆垂下了眼眸，她其實越來越不喜歡聽見他提那個女人的名字了。那女孩答應跟他去吃飯，至少不是討厭他。今晚的餐廳她選的、話術她教的，但宋昱宏成功了她卻高興不起來，胸口反而還有點悶悶的，怎麼回事？

不過，他們之間現在是以「幫他尋香」建立聯繫，如果連這個都沒了，她還真不知道找什麼理由在一起吃飯了……沒關係，她現在很快樂，就好好把握這段時間，等他順利交往後，就換她去找尋下一段戀情吧！

無奈地走出社區時，卻突然見到了不速之客。

「小帆！」男人就在社區前的人行道上衝她打招呼，「妳封鎖我喔？我傳訊息妳都沒理。」

謝君帆別開眼神，當看不見一樣的轉頭就要走，但男人立刻追了上來，拉住了她。

「別這樣，還生我氣？」他溫柔低語，「我已經跟她斷乾淨了，我只是一時昏了頭，我……」

「放手！」她甩開男人的手，「我們已經分手了，滾。」

「哇……這麼絕情！」男人突然打量起她來了，「妳剪頭髮了？還穿成這樣？」

超隨便的寬T與短褲，那頭長髮也剪成了耳下短髮，他心中那個甜心小帆怎麼變成這副模樣……看看那健壯的肌肉與膚色，她還故意曬黑練壯？

「我們已經分手了，毫無關係，我希望從此以後不要再見到你。」謝君帆鄭重地告知。

「女生練成這樣一點都不好看的，我之前沒阻止妳練是因為裙子還能蓋掉，妳是變本加厲了嗎？小腿好粗耶！」他憂心忡忡地嫌棄，「而且妳還換香水？這味道一點兒都不適合妳啊！」

男人的話輕易勾起她三年的回憶，只要一回想起這三年來，她花這麼多努力以成為他喜歡、卻是她最不喜歡的模樣，只會覺得自己愚蠢至極！

「我們好好談談，再給我一次機會。」他舉起手上的袋子，「我買了草莓蛋糕，等等我上去煮奶茶，我們一起喝？」

我——謝君帆緊握飽拳，她不想再面對這個男人！

「她就討厭吃草莓，也不喝奶茶，你怎麼專挑討厭的東西送啊？」他們身後突然傳來了含有怒氣的聲音，「而且我覺得短髮很適合她，健美的身材也非常好看啊，還有——」

宋昱宏走到謝君帆身邊，微慍的瞪著男人。「而且這個香水好聞多了，非常適合她，之前那些都太假了！」

宋昱宏？謝君帆詫異的看著他，他的出現不奇怪，但是他居然敢這樣對一位素不相識的人說話！社交恐懼的那個宋先生去哪兒了？

男人對於他的出現感到十分詫異，反倒換上一副不爽的臉孔。「妳這麼快就換男友了？」

「我不是她男朋友，普通朋友，剛認識不久而已。」宋昱宏沉穩地回應，「剛認識而已，我就知道她最不愛吃草莓也不喝飲料，你們之前是認識多久啊？你都不知道？」

「他從來只想到他自己，把我變成他喜歡的樣子，他怎麼會在意我的喜好？」謝君帆冷冷地說著，又想起她家那整櫃虛華的裝飾品。「我跟他沒什麼好說的！」

「我那是為妳好，妳這麼漂亮，要找適合妳的打扮才是——」

「什麼叫適合她的打扮，她喜歡才是重點，喜好是由她自己決定的，不是你！」宋昱宏看見這男人就一肚子火，「就是他吧？要妳做一堆事、穿公主蕾絲，還不讓妳玩模型打電動那個？」

謝君帆扯了嘴角，輕輕拍了他一下。「別理他，去吃冰，降火。」

他們一起往冰店的方向走，彼此都不需言語，就知道是要去哪間冰店，但男人不甘願地往前，那個「普通朋友」看起來條件比他差太多了，謝君帆眼光怎麼這麼差？而且也換得太快了吧！

「謝君帆！喂！」男人追上前，宋昱宏第一時間就站到她身後，以防對方太逼近。「你滾開啊！我在跟我女朋友講話，你是——」

「前女友。」宋昱宏強調著，「她不想跟你說話，不要死纏爛打好嗎？你知道跟騷法上路了嗎？」

謝君帆輕搭著他的手，上前一步面對著前任。「我不管你要說什麼，或是跟那個女的怎麼樣，我們之間已經徹底結束了！沒有機會。」

「就為了這個男的？妳眼光怎麼這麼差？」

謝君帆深吸了一口氣，突然抓過宋昱宏的手，扭頭轉身，朝著自家社區裡走回，宋昱宏被拖著跟上，有幾分錯愕。

「叔，那個人在騷擾我，他再不走我等等就報警。」她對警衛交代完，繼續拉他上樓。

是啊，宋昱宏了解了，回到社區才是最好的方式，否則那個前任只怕會纏著他們連冰都難以下嚥；電梯在五樓開啟，這是宋昱宏第一次到謝君帆家，之前都是她到他家玩的，他們兩邊坪數跟屋型是差不多的，但、是——

她的收藏品也太強大了吧！

「這妳的！這些都妳的？」宋昱宏在客廳裡瞠目結舌，「天哪！這隻超限量的！啊，還有這隻根本搶不到啊！」

嘿嘿，謝君帆揚起得意的笑容，東西讓懂的人看，感覺就是不一樣！

「我先去換衣服，你要水自己倒，杯子在這兒。」她指向餐桌，然後轉身進了房間。

宋昱宏根本沒在聽，他正在一格一格的欣賞那些模型公仔，謝君帆何止在收集啊，這簡直就是頂級玩家啊！他真不敢相信，如果他擁有這些，還被迫裝箱收起來，簡直地獄，這誰能忍受！

一牆之隔的房裡，謝君帆正輕靠著門板，莫名緊張得要死！這是什麼事兒……被她當場抓到劈腿，還有臉回來求他復合，而且居然還羞辱宋昱宏！什麼東西！

不過宋昱宏為她說話時，她覺得……好感動喔！

是他支持並見證她剪掉那頭長髮、也從未覺得她的運動穿著不好，稱讚她的健美身材、甚至也打算去健身！電玩跟模型就更別說了，那是他們的共同愛好……有人欣賞真正的她，居然是那麼令人動容的事情，

她打開衣櫃，焦急地要找哪一件衣服穿，不能穿平常在家的家居服，輕鬆中帶點悠閒，而且得好看！東挑西揀，她決定穿件水藍色的棉褲！

迅速換了衣服，再趕緊湊到鏡前梳理一下頭髮，今晚是別想去吃冰了，家裡只有水果跟氣泡水，湊合著吃吧！

一走出房門，宋昱宏就在那邊嚷嚷

「他讓妳把這些封箱？認真？那之前這邊擺什麼？」

「各種高雅浪漫風的擺件，跟我之前讓你聞的那些粉紅色甜死人香水一樣。」她打開冰箱，「我家只有水果跟氣泡水喔！」

「不必啦！我喝普通水就好了！」宋昱宏趕緊走到餐桌邊，「欸，妳前任突然跑來很怪，要不要明天起我陪妳下班，以免他一直糾纏。」

他們哪天不是一起下班……這樣說得好像他以後會陪另一個女孩下班一樣。

她心裡有點暖暖的、同時也帶著點惆悵。「放心好了，他不是那種會糾纏我的人，我想他應該早就有對象了，只是現在還沒追到，空窗期想來找我。」

宋昱宏皺起眉，連他都想說聲渣。

「需要我幫忙要說喔！」

「我知道！」她可以完全感受到他的心意與擔心，「那個……謝謝你今晚替我說話。」

呃……宋昱宏突然間害羞起來，紅著臉不知道該接什麼，他就只是實話實說而已，從車站一路疾走過來，沒在半途遇到謝君帆已經很奇怪了，接著看見有人糾纏她，甚至說了令人一肚子火的話，他不知怎地衝上去就開口了。

沒害羞沒結巴，只記得怒火中燒。

「我就……說實話。」良久，他也只能吐出這幾個字。

「為了謝謝你，換我幫你吧！」她挑了挑眉，「我去幫你問問那個女孩用什麼香水吧！」

「咦？」

※　※　※

中午時分，一撥一撥人從各大公司湧出，謝君帆站在那間香水店附近，剛收到訊息，確定了目標已經離開公司，便開始遠遠張望，目標穿著是蕾絲襯衫加中長裙，甜美系女孩。

「嗨！妳好！」謝君帆立刻上前，「請問妳是A公司的沈如清吧？」

女孩錯愕地止步，跟她在一起的三、五個同事好奇的看向這高䠷的女人。

「是……」

「我果然沒猜錯，那個……宋昱宏呢？」她左右張望著，一副找人的樣子。

「宋昱宏？啊，他有案子做不完，中午臨時沒辦法跟我們出來吃了！」有個看上去非常年輕的男孩回著，「妳找他啊？」

「哦，因為他一直沒回訊息，我們是朋友，我幫他買了東西想拿給他的！他說今天中午要去附近的新餐廳吃飯，就想說順便在這裡等……」謝君帆自然地走近沈如清，比了手勢示意大家繼續往前走。「那等等可以請妳幫我轉交嗎？」

邊說，她晃了晃手裡的提袋，裡面有個包裝過的禮盒，其實只是幾塊巧克力。

「啊，好啊！沒問題！」沈如清趕緊接過，「拿給他，他就知道了嗎？」

「對！我等等也會傳訊息跟他說。」她再湊近了點，真的是挺好聞的香水味。「……妳身上好香啊，甜甜的！」

這味道很熟悉，甚至有點普遍，是那種普羅大眾都會喜歡的氣味，可能還是知名牌子，人手一瓶的程度；只是每種香水與人的體味混合後，會成為那個人專屬的味道，讓她有點難確定。

「啊！謝謝！」被讚美的沈如清自然開心，「對了，為什麼會知道我的名字？」

「很好認啊，宋昱宏一天到晚都在說，他們公司同層樓有個女孩非常漂亮，身上都香香的，人又甜、說話聲音也可愛……叭啦叭啦的說個沒完！」謝君帆說得極自然，一旁的同事們竊笑起鬨著，沈如清則難掩羞赧的笑意，害羞的叫他們別鬧！

就只有那個年輕男生翻了個白眼，嘖了聲。「你們關係這麼好喔，他跟妳聊這麼多？」

「威廉！」沈如清轉頭警告了聲，「說什麼！」

「就好奇啊！那個學長平時在公司說話都結結巴巴的，看不出來會講這麼多好話！」男孩話鋒一轉，「不過學姐妳是真的人美心善又可愛！」

「你再說話，我以後不會讓你一起出來吃飯的。」沈如清沉了聲音，「我已經跟你說得很明白了！」

咦？情敵嗎？宋昱宏沒提起啊！那個男孩看起來跟大學生一樣，爽朗直接，宋昱宏該不會根本不知道身邊就有情敵吧？那傢伙遲鈍得很，她得再加把勁，助他一臂之力，而且立刻排除這個誤會。

「他是跟我男友聊！男人間就是會聊心儀的女孩嘛！」她趁機把訊息傳遞出去，眼看著那間新開的餐廳就在眼前了。「好了，到了！那我先走嘍！」

「啊？要不要一起吃啊？」沈如清提出了邀請，其他同事也紛紛開口。

「嗯……」她沉吟了幾秒，「這樣好像怪不好意思的！」

「不會啦！」其他同事都已經拉開了門，「一桌也剛好啊！走吧走吧！」

「都是朋友，別想那麼多。」沈如清熱情的邀請。

真是個好女孩，衝著那張漂亮的容貌跟清純的微笑，是很多男人都會喜歡的類型，難怪宋昱宏會對她這麼迷戀了。

身為朋友，她當然該幫到底……只是，為什麼會覺得心有點梗？

「好，那就恭敬不如從命嘍！」

※　※　※

打開抽屜，宋昱宏再確認那包裝精美的盒子躺在裡頭，心跳加速得彷彿快跳到喉嚨口！

好不容易、終於找到了那瓶香水了！今晚要跟沈如清約會，就能送她當禮物，然後順便表達自己對她的喜愛……總之就、就試試看！君帆說的，女孩子沒點好感是不會跟男生出去的，他們已經吃過兩次飯了，他隱約能感覺到有點希望。

順利的話，下週的情人節，說不定就能一起過了。

一整天他都沒辦法專心上班，滑動了首頁，追蹤的模型網頁突然跳出了新品預購！

「天哪！這也太讚了啊！」他立刻複製網址，打開與謝君帆的通話頁面，傳送過去。

無獨有偶，就在他送出的同一秒，對方也傳來一模一樣的訊息！

宋昱宏看著那默契十足的視窗，忍不住笑了起來。

模型明年才會發貨，但做得逼真又精美，他即刻與謝君帆展開討論，看看那塗裝，只要實品真的如照片般精緻，貴一點都還是能接受的！重點是：這是限量的啊！

他們兩個人雙雙預購刷卡，順利買到，才有踏實的感覺。

「怎麼樣？今晚就要告白了，緊不緊張？」

「我現在都快嚇死了！」

「加油啊！記住包裝不要弄爛啊，一定要漂漂亮亮的！別折壞蝴蝶結！」

「唉唷，我幾乎隔一分鐘都會打開抽屜看一眼！」

「……呃，盒子不會跑你知道嗎？」

「唉唉唉！」

就這麼如坐針氈了一整天，好不容易捱到下班，宋昱宏害羞地帶著謝君帆送他的香水到男廁去，輕輕地噴了兩次；他非常喜歡這個味道，不濃烈又內斂，果然很適合他。

君帆雖然有時大剌剌的，但其實她是個很細心的人，知道什麼味道，適合什麼人。

拎著裝有禮物的袋子離開公司，因為沈如清不想被注意，所以他們選擇直接約在餐廳見面；晚上的餐廳是沈如清選的，她挑了一間高級歐風餐廳，裝潢得非常浪漫，完全就是她會喜歡的類型。

貴是貴了點，但是作為告白餐廳，再貴都值得。

餐廳也在公司附近，基本上整個東區都是步行可達的，再度路過那間香氣逼人的美妝店時，宋昱宏忍不住朝裡頭看了眼，由於時間還早，他想進去晃晃。

「歡迎光臨，需要什麼？」又是熱絡的店員。

「我自己看看就好。」他現在也能委婉的拒絕了，這是有樣學樣，他非常喜歡君帆的風格。

在前方的試香區，有幾個人正在試香，大大的牌子上寫著「新品上市」，他第一時間就拿了瓶水藍色的新品試聞，試香紙輕輕地揮動，飄散出一種可鹽可甜，帶著海藻氣息的大海香氣。

欸……他捏著那根試香紙先離開這一區到裡頭層架去晃晃，隔一會兒再聞一次，這款新品很好聞啊，清新中帶著活力，又有一點點的甜，似乎還能嗅到海風裡的鹹味。

他二度湊近鼻前嗅聞，這味道，像極了第一次在這裡遇到的謝君帆。

這就是她。

「您好，我想要一瓶這個。」他回到試香區，指著新品。「我要包裝，送人的。」

「好的，先生是要這瓶『天空之鏡』吧！」店員熱情的說著，「這味道真的很好聞，今天才上架的，光今天就賣出好多瓶了！」

「香水這種東西，是要合人的。」他微笑著，「剛好很適合她。」

聞香如見人，這才是符合她風格的香水。

「是的，所以才有這麼多香味以適合每個人。」店員為他取了瓶新的，到櫃檯旁等待結帳包裝。

宋昱宏靜靜地在旁等待，這系列的包裝清一色走海洋風格，香水放進專屬紙袋中，再從紙袋上方穿過一條深藍緞帶繫緊，雖說簡單，但看上去高雅大方便已足夠，君帆鐵定會喜歡！

接過香水，他雀躍的離店，才出店門就剛好看見前方路口綠燈，急匆匆地奔了過去——啊！不對！

他戛然止步，這是要回家的路啊！

他晚上跟沈如清有約，餐廳在反方向，他怎麼忘了！宋昱宏趕緊看了看時間，幸好還來得及，只是原本有充裕的時間，結果買東西加上往返，時間變得有點緊了。

最後他只能疾步而行，趕到餐廳外時剛好準七點整，遠遠地就看見沈如清已經先到了……這真的相當尷尬，雖然沒有遲到，但他本來希望比她早到，在這兒等她才對。

「對不起，我……有點遲。」連來到沈如清面前時，他都有點上氣不接下氣。

「沒關係，我們沒遲到啊。」沈如清說話有一點嗲，不過不是討人厭的那種。

她今天穿得非常典雅，公主袖的襯衫，搭上一襲古典灰的長裙，也頗有復古風味，一頭蓬鬆的長卷髮披洩而下，比日常更加甜美迷人；她很快地留意到他手上提著的藍色小袋子，雙眼微微一亮。

點完餐，沈如清這才脫下外套，攏了攏髮，她今天依然是噴灑那瓶令他心動的香水，從來到她身邊開始，就一直聞到那股熟悉而香甜的氣味，是專屬沈如清的味道。

兩個人都不是外向的人，聊起天來總是溫溫的，不過今天的宋昱宏略有不同，情緒顯得有點高昂。

「妳知道嗎？今天有個很特別的模型開賣，還是限定版的，我搶到了！」宋昱宏一邊說，一邊滑著手機把照片轉給沈如清看。「就這個！」

「……喔，很酷耶！」沈如清對這個全然不懂，不過她往下看到金額卻倒抽一口氣。「八千？這個玩具要八千？」

宋昱宏心有點受傷的感覺，「玩具……對啦，它是模型，而且做得很精美，妳看臉做得多像，就是本人啊！」

「哇……」沈如清還在驚嘆中，對她而言，這一個模型玩具居然要價八千元啊。「我沒想到這麼貴啊！」

「只要東西精細，貴點也值得，而且這還是限量版的！」宋昱宏嘴角掩不住笑意，「我跟君帆都搶到了，而且我們買完沒有十分鐘就售罄了！很搶手吧！」

「君帆？」她頓了一下，想起了那個高䠷的女生，「就是上次在路上託我轉交東西的、很高的那個女生？」

「對對，她也喜歡模型，我們會相互報好康。」宋昱宏回想起謝君帆滿屋的收藏，又是讚嘆。「她擁有的限量版，可比我多得多！」

「她很帥耶！是那種漂亮又酷颯型的人，那天只是幫她一點小忙，還請我喝了飲料，真不好意思。」沈如清對謝君帆印象很好，「你們……是什麼時候的朋友啊？」

「呃……嚴格算起來，是鄰居。」宋昱宏在桌上比劃了一下，「隔著一條馬路，她住這個社區、我住這個，我們是……呵呵。」

他話沒說完，卻逕自笑了起來。

沈如清看著宋昱宏的笑容，忍不住跟著綻開笑顏。「什麼啦！笑成這樣！」他，笑得好幸福啊，是能感染人的那種笑容呢！

「因為，我跟她會認識，完全是因為妳喔！」宋昱宏坦誠以告，把在香水店偶遇謝君帆、結果坐同班車、同站下車、差點被誤認為是跟蹤狂，乃至於發現其實是鄰居的事都說了。

正是因為，他想買到那瓶沈如清正在使用的香水。

「我在用的……喔！」沈如清有點受寵若驚，「你想買我在用的牌子？」

宋昱宏這才意識到他不小心爆雷了！瞬間有點難為情的紅了臉。「呃……

就、我之前都沒說，就是我第一次在茶水間遇到妳時，就非常喜歡妳身上的香味，所以，嗯……嗯……」

後面的話他就說不太出來了，趕緊埋首，把沙拉全給塞進嘴裡，完全不敢正眼看沈如清。

沈如清也跟著害羞起來，但心裡美滋滋的！被喜歡的感覺非常美好，這幾次的吃飯跟聊天她也能感覺到宋昱宏對她有好感，她當然也是不討厭他才想試試看，不過……她倒是沒想到香味是吸引他的關鍵。

服務人員恰到好處的送上下一道菜，收走沙拉，讓氣氛緩和了許多。

「所以上次她是來幫你打探的嘍？」這下子就說得通了，「那天她直誇我身上的香味很好聞。」

哎呀，被看穿了！宋昱宏靦腆地笑著，這時就大方承認吧！

「對！對啦，這陣子啊，她帶著我聞了好多種香水，因為我完全不懂，真的說不出所以然，她很難幫我猜啊！」宋昱宏又說得眉飛色舞，「於是她突然想到，由她出馬，直接到妳身邊，聞聞看就知道了！」

「呵呵，聞？她那天直接問我牌子了！」沈如清托著腮，「某方面而言，她真的很敢耶，就這樣直接在外面找我搭話！」

咦？直接問了沈如清牌子？宋昱宏的笑容凝在嘴角，不對啊，那天君帆回來後說她聞到了，只有把握猜出有洋甘菊，剩下的她還要查查，等確定再跟他說的啊！

「妳那天告訴她了嗎？」宋昱宏的神情變得有點錯愕。

「是啊，我還直接找圖片給她看了……」沈如清覺得氣氛怪怪的，「怎麼了嗎？弄錯了？弄錯不要緊的！」

她想到了剛剛宋昱宏手上提的天空之鏡！那是國際品牌最新的香水，討論度很高的！反正人又不是只用一種味道的香水，就算是天空之鏡，她也不會在意的。

宋昱宏沒回答她，反而是陷入了沉思，因為君帆去找沈如清是半個月前了，她如果那時就知道是哪個牌子，為什麼騙他？為什麼還要一起去玩調香？還要到他家吃飯討論？

他們每次相聚，雖說都是為了找出沈如清使用的香水，但其實真的尋香的時間是極少的。

他們都在打遊戲、討論電影、分享模型，吃飯聊天，因為跟君帆在一起，總是有聊不完的話題；而且他不會緊張、沒有害羞、沒有困窘，不會結巴，甚至還因為她，變得更敢說出心裡話。

上週，他提起情人節快到了，不知道來不來得及送沈如清香水時，君帆立刻就說她找到了。

「宋昱宏？」沈如清再喚了他一次，其實這是第三次了，但他的靈魂彷彿脫離身體般，完全沒聽見。

「啊……抱歉！什麼？」他回過神，一臉茫然。「對不起，我是想到……她問妳牌子的事。」

「對，如果弄錯沒關係的，什麼香味我都能接受的。」她趕緊安慰著他。什麼香味都可以的。

「不……不一樣。」宋昱宏突然語出驚人，「香水必須要合人，妳不可能適合每種香水的。」

沈如清相當困惑，她以為香水只是一種時尚、遮蓋體味，更多是取決於自己的喜好。

「我意思是，我的喜好範圍很廣的。」她盡可能地圓場，「總之、總之……她一直在幫你找我的慣用香水就是了！好有趣喔！你們只是萍水相逢耶！」

「嗯。對……這就是緣分吧。」宋昱宏又笑了起來，只是笑容變得有點勉強。

氛圍變得相當奇怪，沈如清完全能感受得到，她看著宋昱宏的若有所思，隱約覺得事情產生某種變化。

「你今天帶的那個是……天空之鏡的香水嗎？」沈如清終於忍不住問了。

「咦？天空……」宋昱宏立刻朝自己身邊的椅子上看去，天藍色的包裝袋就在一旁。「是，妳知道這個？」

「非常有名，今天全球同步上市。」她笑得甜甜的，「那個我應該也會很喜歡。」

她也會很喜歡。

宋昱宏愣住了，可是那個不是給她的。

「不是，不是這個！」他趕緊拎起黑色的提袋，遞給了沈如清。「這才是送妳的禮物！」

時間有點早，都還沒上主菜呢！原定計畫是吃甜點時送的，那個時候酒足飯飽，聊了一晚上的氣氛應該也正好。

但不知道為什麼，宋昱宏突然覺得這已經不太重要了。

沈如清接過了禮物，內心複雜且疑惑，她看著盒子就知道，這正是她使用的香水，準確無誤。

「這的確是我在用的。」她將卷髮撩起，湊近鼻尖。「謝謝！」

「嗯，我花了兩個月尋香，就是在找它。」宋昱宏說得心不在焉，曾幾何時，這個香氣其實就已經不再讓他動心了？

他現在喜歡的，好像是海的味道。

「那，那個天空之鏡……」

「不是，那個不是給妳的。」宋昱宏回答得既果決又迅速，「海的味道是屬於君帆的，我一聞到就覺得非她莫屬……」

他凝視著沈如清，剛剛某個瞬間，有種詭異的感覺在心中炸開了，湧上的情緒讓他難以招架。

他，想見謝君帆！

沈如清看著他好半晌，有點尷尬地笑了起來。

「跟我猜的差不多，現在讓你動心的，是海的香味對吧？」她指向了宋昱宏手裡捧著的藍色袋子。

「我……我有點亂。」宋昱宏喉頭緊窒，「我就是……她早就知道妳用什麼牌子了，卻沒告訴我。」

「你提到她時，笑得特別開心，而且非常、非常地幸福。」沈如清溫柔地說著，「是那種只要看著，都會被感染到的幸福。」

宋昱宏倒抽一口氣，手足無措地轉身就想拿起東西離開，但立即想到了坐在對面的沈如清，又給拉了回來，慌亂得不知道如何是好。

沈如清忍不住笑了起來，「去吧！我還有大餐陪我呢！」

「沈如清……抱歉！我是真的很喜歡妳，我那時真的真的是因為妳才——」

「所以我算是你們的介紹人喔！」沈如清拎起黑色禮盒拍了拍，「所以這盒香水，我就不客氣的收下了！」

「謝謝！謝謝！」宋昱宏慌亂地收拾著東西，「我真的不知道該怎麼跟妳……」

「快去吧！」沈如清催促著，「別那麼婆婆媽媽！晚上AA，我先付，你再轉帳給我！」

宋昱宏連謝謝都來不及說，簡直像是用飛的，衝出了餐廳。

沈如清從窗戶看著飛奔而出的身影，心中還是有一點點落寞的。不過呢，正因為還沒開始，所以也無所謂結束不結束，前兩次約會她就隱約的感覺到了，畢竟心儀妳的人，不會動不動在提「我朋友」。

一個人吃大餐也能自得其樂啊，至少地球上今天會有一對新情人誕生吧！

「小姐，我們接下來即將上主菜，但另外一位的餐點……」服務生困惑地詢問。

「沒關……」

「就照上吧，沒關係。」冷不防的，一個身影來到桌子的對面，從容地坐下。

呃……服務人員卡在中間，眼珠子無敵尷尬地轉來轉去，不停地瞟向沈如清，希望得個暗示。

沈如清蹙眉，「你來幹嘛啊？」

「學姐，我就怕妳一個人吃飯太無聊了。」威廉堆滿笑顏，「我不挑食的，請幫我換套餐具吧！」

沈如清無奈地搖了搖頭，還真是個死皮賴臉的傢伙，哼！

※　※　※

一路上腦子都想破了，打出的訊息刪掉、再打再刪，搞得車子都到站了，宋昱宏還是沒把訊息發出去，甚至連電話都不敢打。

平常有什麼事都能立刻傳訊的他，現在居然一個字都吐不出來！天啊，他怎麼又變懦弱啦！不行！他要直接到她社區樓下把她叫出來，就說有事要告……不，買了個東西給她！對！

才踏出站，熟悉的身影就坐在一旁的花圃石圍上，正低著頭在滑手機。

「……君帆？」

什麼？謝君帆倏地抬首，一見到宋昱宏嚇得跳起來，她不可思議地看著手機時間，現在才幾、幾點，為什麼他已經回來了？

「你……你你你你……吃飽了？」時間不對啊，她都來不及製造偶遇！

「妳在等我嗎？」他咧開嘴笑了。

「沒有，什麼等你……我是剛出站，剛好有人傳訊息給我，所以我就——」

謝君帆還在叭啦叭啦說著，一股溫暖瞬間將她抱了個滿懷。

她呆住了，任宋昱宏緊緊地抱著，她當然不可能推開，只是腦袋一片空白，無法理解發生了什麼事。

「她拒絕你的告白嗎……」她能想到的是這個，不能笑出來喔，謝君帆！

「呵……差不多。」結果是他笑了，再抱緊了些，輕輕摩娑她的髮，聞到的是沁人的香氣，屬於謝君帆的香氣。

「你怪怪的啊，宋昱宏……」被甩了還能笑，而且他笑得好可怕啊！謝君帆趕忙推開他，看見他連眼睛都笑彎了。「你是悲傷過度所以……」

「因為她說，我提到妳時，笑得太幸福了。」他凝視著她，「我不是在尋香，我是在尋妳，所以把我趕走了。」

她瞪圓了眼，這現實發展得太快，她跟不上了，有點難呼吸。

「我……」她揪起他的衣服，「我好像真的喜歡上你了！但我沒敢說，因為你——」

「我喜歡妳，不是好像。」宋昱宏打斷了她的話。

謝君帆狐疑地蹙眉，對她而言這事太詭異，因為今天宋昱宏是跟夢中女神約會，而且還買了香水準備告白啊！

「但是你喜歡……」

「那是憧憬，我憧憬她，所以想要追求她，但在這個過程中我認識了妳，我現在不喜歡甜美的氣味，我喜歡海的香味。」宋昱宏搖了搖頭，「不……應該是喜歡妳的香味。」

謝君帆絞著雙手，幸福來得太快，有點措手不及，她終於掩不住笑意，甜甜地笑開，淚水再度跟著滑落。

「我喜歡你。」她抹著淚，「我又哭了，我怎麼……」

宋昱宏張開雙臂，大方地把她摟進了懷裡，輕輕吻著她的髮。「妳感情豐富，我喜歡看妳哭，但最好每次都是這樣喜極而泣！」

謝君帆埋進他胸前，溫暖包裹全身，她終於知道那快咧到嘴角的幸福笑顏是為什麼了！

是，她喜歡這個即使靦腆、害羞內向，卻能喜歡真正的她的男人。

「我餓了，剛沒吃飽呢！沈如清就放我回來了。」宋昱宏摟著她，兩個人一同朝著家的方向去。「我打賭妳也沒吃。」

「那……去吃熱炒？」她連語調都上揚了。

「好！這次阿姨再問，妳要換個介紹詞了喔！」他鄭重地說道，不是朋友，不是鄰居，得是男朋友了。

她開心地點著頭，整個人輕飄飄的，挽著他的手，卻留意到外套下有什麼在晃？

「這個今天上架的，新香水。」他從外套下挪出了袋子，「我一聞到香味，就覺得是妳。」

哇，天空之鏡！這廣告打這麼大，她當然知道這牌子，他們兩個一起彎進了彩券行邊的巷子，這兒沒有車子，謝君帆邊走邊拆開了香水，朝空中噴灑了香水雨。

沒有甜膩，只有海洋的味道，還帶著點海水的鹹……是適合她的。

她噴灑在頸動脈，輕輕地抹開，側了首向他；宋昱宏湊近她頸間輕嗅，聞起來的香氣，與在試香紙上果然不一樣。

「怎麼樣？」她輕聲問著。

「是心動的味道。」

The End

他的玫瑰香氣

／ 晨羽

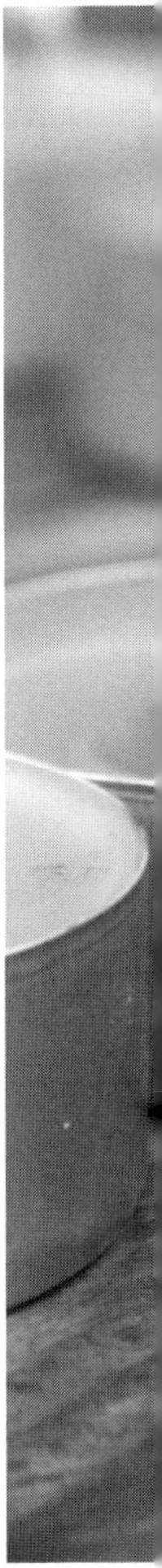

我愛上了有玫瑰香氣的那個人。

寫在記事簿上的這一行文字，讓程郁陷入怔忡。

前來喚姊姊下樓吃飯的程蒨，見她人在客房，眼前有一個舊紙箱，好奇地走到她身邊問。「姊，妳在做什麼？」

程郁來不及收起記事簿，那行字句就這麼被妹妹看見，程蒨訝異：「那是什麼？是姊妳寫的嗎？」

「我想是吧。」

程郁不確定地回答，讓妹妹更加疑惑，她繼續解釋：「我剛才好奇，打開收在這個房間的箱子，發現有一只鐵盒，這本二〇一九年的記事簿就放在裡頭，裡面的文字是我的筆跡，這應該是我四年前使用的記事簿。」

程蒨聞言，先是看一眼地上空空如也的鐵盒，再動手翻起紙箱裡的東西，只有程郁以前穿的衣物，沒有其他物品。

「大概是爸當年幫妳打包行李，隨手把這箱收置在這兒，然後就忘記了吧。我以為這箱裝的是不重要的雜物，所以也沒想過打開來。」程蒨的目光落向那本像被翻閱過無數次的白色記事簿。「裡面的內容，有讓妳想起什麼嗎？」

「沒有。」

「那可以給我看一下嗎？」得到許可後，程蒨接過記事簿，低頭專注翻閱，發現裡頭記錄的都是課業及工作的事項。讀到留下紀錄的最後一頁，方才那行文字再度映入眼簾，程蒨抬頭迎上她的眼睛。「姊，這是妳四年前寫下的，就表示妳當時有喜歡的人。」

「我也是這麼想，但我想不到那人是誰。」程郁聳聳肩。

程蒨認真看著她，語重心長道：「雖然妳沒想起來，可是身上有玫瑰香的男人，妳現在身邊不就有一個？而且你們四年前就已經認識，妳都沒有想過是他？」

聽懂妹妹的暗示，程郁同時傻住，露出難以置信的笑容。「這怎麼可能？他——」

程父在一樓的呼喊打斷二人的談話，程郁將記事簿收到自己房間，隨著妹妹的腳步下樓吃父親煮好的午餐。

下午三點，程郁的手機傳來一則訊息，她即刻點開看。

「我快到了，太陽還有點大，記得擦防曬，戴頂帽子。」

回傳要對方騎車小心的訊息，程郁發現妹妹在一旁對她笑得曖昧，伸手推了她。「妳幹嘛？」

「姊，妳之前喜歡上的人，如果真的是季麟，妳打算怎麼辦？」

「妳小聲點，被爸聽見怎麼辦？」程郁緊張望向在客廳看電視的父親，要她控制音量。「這是不可能的。」

「為什麼不可能？妳都在四年前的記事簿上那樣寫了，除非妳那時還有認識第二個身上擦玫瑰香水的男人。」程蒨振振有詞，「姊，季麟是好孩子。年齡不是問題，要是爸因為這點而反對，我幫妳說服他。」

「程蒨，妳再亂說，我就要生氣了。」程郁用力往她腰邊的肉一捏，程蒨痛得哇哇叫，這時家裡的門鈴響起，程父前去開門，很快叫了程郁一聲。

程郁隨手抓一頂鴨舌帽，帶上水壺，穿好運動鞋推開家門，那名五官端正，身材高眺的大男孩就站在門口。

宋季麟朝她望來，黑色眼眸閃爍熠熠光輝。「嗨，老師。」

不知為何，程郁在一瞬間忽然語塞。此時程蒨也跟著來到門口，笑盈盈對他說：「季麟，生日快樂，你今天若還有其他願望，儘管跟程郁老師說，她會幫你實現的。」被姊姊瞪一眼，程蒨撇過頭，故意無視。

「好，我會認真想想的。」宋季麟唇角笑意不減。

兩人繼續聊一會兒，程蒨就回到屋裡，男孩拿起機車座位上的另一頂安全帽，親手為程郁戴上。「老師，我們出發吧。」

明明男孩不是第一次對她這麼做，程郁的腦袋卻冷不防當機，當她嗅聞到對方身上的淡淡玫瑰香氣，心跳有一秒沒有落在正確的拍子上。

「妳怎麼了？不舒服嗎？」發現她表情有些不自然，宋季麟開口關切。

「我沒事，我們走吧。」程郁避開他的注視，坐上他的機車。

兩人來到河濱公園時，陽光已經沒有那麼強烈，但在男孩的叮嚀下，程郁還是將帽子戴上。

做好暖身，他們沿著河畔開始慢跑，不到幾分鐘，程郁就有些上氣不接下氣，跑在她身後的宋季麟，大步來到她身邊。「妳還好吧？」

「好喘，我的體力真的變差了，跑沒幾步就吃力。」她哇哇叫著。

「妳早該這樣認真動一動，妳就是因為工作太忙，覺睡不多，才把身體搞壞，結果重感冒住進醫院。」

「是沒錯，但你也真狠，生日願望居然是要我跟你去慢跑，害我沒辦法拒絕你。」程郁笑得無奈。

「就是知道妳無法在這天拒絕我，我才這麼要求，不然妳跟倩姊只會窩在家裡看影集，當沙發馬鈴薯。」

「那你怎麼不找程蒨一起跑？她懶散的程度可比我嚴重。」

「蒨姊會上健身房，妳又不會。為了讓妳保持健康完好的體態，我才不得不逼妳。」

「你的意思是我胖到讓你看不下去了？」程郁橫他一眼。

「當然不是，我說錯話了，老師原諒我吧。」宋季麟發出朗朗笑聲。

他的笑容讓她唇角不自覺跟著勾起，她輕拍他的手臂。「我想一個人慢慢跑，你不必等我，照你的步調去跑吧。」

「好，妳別勉強。真的累了，就休息一下。」

「嗯。」

宋季麟輕鬆跑到她前方，回頭看她一眼，程郁對他揮揮手，男孩這才認真跑起來。直到有其他跑者跑到前面，遮蔽住她的視線，程郁的目光才真正從男孩寬闊挺拔的背影離開。

一個小時後，運動完的兩人一邊喝水，一邊坐在椅子上看風景。

柔和溫暖的餘暉，讓男孩剛毅的側臉線條變得朦朧，察覺到程郁偷覷的視線，他直接朝她的眼底望進去。「妳為什麼這樣偷看我？」

「我有嗎？」她微微心驚。

「有，大概三次了，怎麼了，妳有話要跟我說嗎？」

一時想不到其他能搪塞過去的話，她硬著頭皮道：「對，我其實有一件事很好奇。」

「什麼事？」

「我知道你一直都有使用玫瑰味道的香水，但你是從何時開始使用的？」

他停頓了一下，「若是我現在使用的這款，是四年前開始。順便告訴老師，讓我開始用這款香水的人是妳，而且我用的第一瓶還是妳送的。」

「真的嗎？」她意外，嘀咕道：「我一點印象也沒有。」

「沒關係啦，這不是什麼大不了的事，只是因為老師提到了，我才順勢說出來。」

聞言，程郁的目光又回到他臉上。「季麟，你老實回答我，你是否曾經因為我不記得跟你之間的回憶，而對我感到生氣？」

見她神情認真，宋季麟也收起了嘴角的笑容，伸手輕柔撥開她沾黏在臉上的髮絲，手指卻完全沒觸碰到她的肌膚。

「我從沒生過老師的氣，妳能在那場車禍中活下來，對我而言比什麼都重要，就算妳不記得我們的事也沒關係，只要老師可以一直平平安安，我就心滿意足了。」

男孩沒有動搖的堅定回應，讓程郁胸口一緊，心中似是有什麼在翻騰著。

「照你說的話，我送你香水前，你還有用其他的香水嘍？是別人送你的嗎？」

「是我媽，以前有一段時間，她喜歡天天在我身上噴香水，而且也是玫瑰香水，同學聞到我身上的玫瑰香味，會笑我跟女人一樣，讓我覺得很丟臉。」

「不會吧？那我還送你玫瑰香水，你不會覺得很討厭嗎？」

「曾經討厭過，但後來就不會了。有一次妳幫我上課，問我是不是有在噴香水，在那之後，我就漸漸不再討厭玫瑰香水的味道了。」

「為什麼我那麼問，你就不討厭了？」她聽不明白。

「因為那是妳第一次問我課業之外的問題，四年前的老師，不太喜歡聊跟課業無關的事，所以我很意外。更重要的是，妳發現到這件事，讓我的生活出現很大的轉變，老師對我來說如同救命恩人，所以我一直很感謝妳。」

程郁從這些話回過神來前，宋季麟接著問她：「妳為什麼忽然好奇香水的事？莫非妳想起什麼了？」

「沒有啦，只是我身邊挺少有男生會噴香水，所以單純問問。」

她隨口編了個說詞，同時結束這個話題。

晚上，程郁在房間想事情，程蒨敲門進到她的房間，坐在床上看著她。

「姊，妳跟季麟怎麼了嗎？」

「沒有，為什麼這麼問？」她一頭霧水。

「妳今天運動回來後，就變得不太說話，爸還問我妳是不是心情不好？難道妳把那本記事簿上寫的話，告訴季麟了？」

「怎麼可能？我當然沒說。」

「我想也是，那怎麼了？發生什麼讓妳不愉快的事嗎？」

程郁斂下眼眸，「倒也不是不愉快……只是今天季麟跟我說，我以前當他家教，不喜歡跟他聊課業之外的事，就連妳跟爸也說，我以前不愛笑也不愛說話，我以前真的有那麼難親近嗎？」

程蒨笑起來，點點頭。「是呀，妳的個性真的跟以前差很多，即使是我，從前也不容易親近妳，但我完全可以理解姊妳為何那樣，妳因為媽從小就吃了不少苦，上大學後，妳就逃離這個家，直到妳出車禍，我們的關係才有了改變。說實在的，我還挺擔心，要是姊妳想起一切，又會回到那段不快樂的時候，再度對我跟爸關上心房，把自己封閉起來。」

「不會這樣的。」儘管沒有十足把握，程郁仍如此安慰她。「時間晚了，妳去睡吧，我也要睡了。」

「嗯。」程蒨起身來到她身邊，緊緊抱了她一下。「姊，如果有什麼事，隨時都能跟我商量。不要忘記，我是世上最支持妳的人喔。」

「我知道，妳不要這樣，怪肉麻的。」她不自在地扭動身軀。

「唉，就算妳的個性比以前開朗許多，還是不習慣跟人有親密的肢體接觸。沒關係，我會慢慢調教妳！」程蒨冷不防在她臉上重重親了一口，程郁叫了一聲，姊妹倆打鬧一會兒，程蒨才終於回去自己的房間。

從抽屜取出那本白色記事簿，翻到她寫下那句話的那頁，程郁看了一分鐘，就放回原處，準備就寢時，手機有新訊息，是宋季麟傳來的。

「老師，晚安。」

每天看習慣的晚安訊息，這次卻讓程郁的目光多駐留幾秒鐘。

回傳跟昨天一樣的晚安貼圖給男孩，程郁躺在床上，無法馬上入睡，分不清是什麼在擾亂她的心。

※　※　※

四年前，程郁大四的夏天，她跟母親出了一場嚴重車禍。

由程母駕駛的汽車失控打滑撞上電線桿，路人協力才把頭破血流的程郁抬出車外，整輛車就轟然起火，程母就此喪生，程郁雖然幸運撿回一命，卻失去了一大片記憶。

能辨識二人身分的東西皆已燒成灰燼，最後警方透過車牌號碼，循線聯繫上程父，程父立刻與當時就讀大二的程蒨，連夜趕到程郁所在的醫院探視。

程郁清醒後，不記得那日自己為何會坐上媽媽的車，也不知道是什麼導致車禍發生。等到她可以出院，程父便要求她從租屋處搬回家裡，在家人身邊好好休養，程郁同意了，當時住在外面的程蒨，每週末也都會回家看姊姊。

某天晚餐過後，程郁看見妹妹在客廳看電視，默默走過去一塊看，那是當年的熱門影集，是出軌的題材。

當播到劈腿的男主角，瞞著妻子與小三在旅館幽會，程蒨這才發現姊姊站在身後，立刻用遙控器關掉電視，讓程郁一臉訝異。

「怎麼了？為什麼要關電視？」

「姊，妳沒生氣？」程蒨緊張觀察她的臉色。

「我為什麼要生氣？」

「那個男的背著妻子，跟小三偷吃啊。」

程郁笑了，「我的確會有些不舒服，但不至於生氣，這只是戲劇。妳為什麼要擺出這種表情？」

「那是因為……姊妳對這種事，向來都是無法忍受的，哪怕是演戲，妳一樣接受不了，所以妳很早就不再看這種類型的戲劇，妳連這個都不記得了？」

程郁呆了半晌，「我真的會這樣？」

「是呀，但這也是情有可原。」趁著程父不在，程蒨將那一段不堪回首的往事說給姊姊聽。

程郁國二時，跟妹妹去市區的圖書館借書，發現快要下雨，她臨時取消行程，直接帶妹妹返家，卻在玄關發現一雙沒看過的男性運動鞋。

聽見母親的房間傳來奇怪的聲響，程郁察覺有異，叫妹妹留在客廳，自己去開母親的房門，結果撞見那最不堪的畫面，母親居然和自己的小叔渾身赤裸在床上纏綿。

醜事發生後，程母不僅毫無反省，還開始對家人各種情緒勒索，這讓程郁跟母親的關係再也回不到過去，她無法長時間跟母親待在同一個空間，更無法接受母親的觸碰，兩人每天都在爭吵。上大學後，程郁直接搬出去，寒暑假也不會回來。

程郁跟母親破裂的感情，連帶影響到程郁與妹妹的關係。母親帶給她的創傷，讓程郁變得敏感多刺，當姊妹倆一起看戲劇，演到讓程郁不舒服的不倫劇情，程郁就會叫妹妹轉台，甚至直接拿遙控器關電視機，讓程蒨很不滿，兩人也開始常吵架。

程郁毅然決然離家後，程母更加無理取鬧，她的神經質以及對女兒們的掌控欲越發嚴重，讓程蒨也忍無可忍，畢業後跟著逃離家裡，直到聽聞姊姊跟母親發生車禍，她才有重新跟姊姊牽起感情的機會。

聽完程蒨的述說，程郁沉默良久，向她道歉：「我只記得我和媽的關係始終不是很好，卻不太記得主因是什麼。對不起，過去害妳那麼不開心。」

「沒關係啦，我能體諒妳的心情，媽過去都用高道德的態度管教我們，結果她自己卻做出那種事，而且妳還是親眼撞見，打擊自然更大。這麼多年來，妳都活在媽的陰影裡，妳忘掉那些痛苦，對妳也算好事。我只希望妳能對自己好一點，過得開開心心的。」

程蒨親暱摟著姊姊，說出肺腑之言。

一個月後，家裡出現的某個意外訪客，讓程郁那段空白的過去，出現了一抹色彩。

週五晚上，下著雨的屋外出現一名穿著高中制服的清俊少年，一看見程郁，他澄澈的眼瞳泛起水光，彷彿就快哭出來。

「程郁老師。」

用沙啞聲音呼喚程郁的這名陌生少年，就是宋季麟。

當年他十七歲，高二生，宣稱程郁是他的家教老師，有一天忽然再也聯繫不上，一打聽到她台中老家的地址，放學後就搭高鐵來找人。

得知程郁發生車禍，而且沒有關於他的記憶，宋季麟受到不小打擊，卻很快就接受這個事實。程父問她是如何找到她的老家，男孩輕描淡寫表示，由於她的手機打不通，他也不知道她的租屋處，只好打電話到程郁的大學詢問，順利問出她的住址。

自那天起，程郁開始與宋季麟保持聯繫。

程父跟程蒨都非常喜歡這個乖巧有禮的男孩，當男孩偶爾在週末來找程郁，也都表示歡迎。

跟宋季麟相處一段時間後，程郁發現他對自己家人的事語帶保留，不會說得太多，猜到他可能跟父母的關係不好，她便沒打算深入探究。

當他們漸漸把宋季麟當自家人看待，宋季麟也在高中畢業後，到台中的大學就讀，繼續陪伴在程郁的身邊。

四年過去，當初青澀的少年，已經蛻變成一個成熟俊俏的青年。

程郁跟宋季麟的關係，曾引起旁人的各種臆測，但只有他們心裡清楚，兩人之間並未隨這段時間而有任何變化。

※　※　※

程郁有個好友叫呂知歆，兩人高中同校，大二時程郁轉學到她的班上，並搬進她居住的租屋大樓，成為她的鄰居。

車禍前的程郁個性冷漠，充滿距離感，即使生活圈多有重複，兩人卻直到大三才開始有互動。

程郁出車禍那天，呂知歆遲遲聯繫不上她，隔天從師長口中得知此事，立刻趕去醫院，發現程郁不僅失憶，對她的印象也僅留在高中時期，她雖然難過，卻不沮喪，對方住院期間每天都去探望，程郁搬回老家後，她也時常捎來關心的問候，偶爾還會去找她玩，是程郁最知心的朋友。

呂知歆畢業後就留在台北工作，兩人見面時間不多，有次程郁跟她約好週末相聚，晚上就在呂知歆家留宿，約定日的前一晚，呂知歆卻打給程郁，用嚴肅的語氣表示有重要事要說。

「怎麼了？莫非妳明天臨時有事？不方便約了？」

「不是。郁，我問妳，妳記不記得劉謙凡？跟我們同高中的學長。」

透過呂知歆的敘述，程郁逐漸想起某個相貌端正的模糊面孔，不解地說：

「我是有印象，妳怎麼會突然提到他？」

「那妳記得他的多少事？」

「多少事……我高中時並沒有特別關注他，更沒與他接觸過，所以我對他沒什麼太深的印象啊。」

「這是真的嗎？」

「對啊，到底怎麼了？」她笑問。

呂知歆安靜數秒，慢慢開口解釋：「今天我去某間廣告公司開會，發現劉謙凡在那裡工作。我們曾是同個社團的，所以他有認出我，還請我吃飯。我們聊到還在聯絡的高中朋友，我順口提到了妳，沒想到，他馬上向我問起妳的下落。他說你們以前是朋友，後來突然再也找不到妳；知道妳四年前出了嚴重車禍，休學搬回家裡，還喪失了記憶，他非常震驚，很關心妳的近況，也想再見妳一面。」

語落，她謹慎地說下去：「怕妳會嚇到，所以我沒把妳的電話告訴劉謙凡，但我看他是真的非常想見到妳，妳若不介意，明天我們吃飯時，可以讓他一起來嗎？」

程郁呆住了，思考一分鐘，同意讓劉謙凡明天和他們共進午餐。

劉謙凡是大她一屆的學長，他才華洋溢，長相英俊，高中時就是個風雲人物，即使是當時個性孤僻，對周遭一切漠不關心的程郁，也知曉這一號人物。

這樣的人居然認識她，還曾經跟他是朋友，程郁湧起強烈的好奇，想確認劉謙凡所言是否為真。

隔天來到餐廳，程郁在門口被同時抵達的呂知歆叫住，她身旁站著一名外型醒目的高眺男子，程郁一眼認出對方就是劉謙凡。

男人見到程郁，眼睛一度沒從她臉上移開，他掛著得體的笑容來到程郁面前時，一股飄進程郁鼻腔裡的清香，讓她頓時愣住。

劉謙凡的身上，竟然有玫瑰的香氣。

之後的餐桌上，程郁仍時不時感受到劉謙凡的灼灼目光，當她問起對方兩人相遇的過程，劉謙凡看著她的眼睛解釋，四年前他們曾經在同一間連鎖咖啡店打工，有天程郁被一名男客人惡意刁難，店長非但不為自家員工討公道，還逼程郁向客人道歉，程郁嚥不下這口氣，當場就決定離職，當天劉謙凡也跟著辭職了。

「你也一塊離職了？」呂知歆很意外。

「是啊，畢竟我們店長真的很不講理，我們不滿他很久了，而且在此之前，我原本就在考慮離職，我有個朋友也在經營咖啡店，想把我挖角過去。程郁離開後，我才毫不猶豫決定離職。」他莞爾一笑。

程郁的心咯噔了一下，劉謙凡的話聽起來，就像是為了她而離職。

呂知歆也聽出來了，曖昧地問他：「莫非你當時喜歡郁？」

劉謙凡聳聳肩，笑得意味深長，刻意不回答她。

呂知歆不滿，「齁，吊什麼胃口？搞得我心癢癢的。不過，以前程郁完全沒跟我提過你們在同個地方打工的事，但我也不意外啦，她以前就是這種個性，就算金城武有天出現在她家裡，她也不會特地跑來跟我說的。」

呂知歆的調侃，讓程郁不知說什麼才好，只能苦笑。

三人吃得差不多後，呂知歆說要到附近的百貨公司逛逛，留時間讓他們繼續聊。

呂知歆一走，劉謙凡也收起唇畔的笑，神態變得認真。「對不起，程郁，我完全不知道妳當年發生這麼嚴重的事，妳能平安無事，真是太好了。」

劉謙凡真誠的語氣，讓她有些感動。「謝謝你，當年我一聲不響消失，應該讓你非常擔心吧？我也很抱歉。」

「別這麼說，這又不是妳的錯。」他眼底浮上一抹複雜的情感，「雖然我已經先從呂知歆那裡知曉了大概，但實際再見到妳，我還是很吃驚，我第一次看見妳露出這麼多笑容，以前的妳很沉默寡言，幾乎不太笑的。」

「知歆跟我家人都這麼說，以前的我真的很討人厭吧。」她自嘲。

劉謙凡莞爾，「我覺得妳只是怕生，也比較慢熱，妳雖然不好親近，但很聰明，又長得漂亮，所以高中時，我朋友都稱呼妳『冰山美人』，我也很早就注意到妳。後來我們在同個地方打工，我發現妳其實是個善良、很有正義感的女生。四年前妳會和我們店裡的男客人爆發衝突，是因為那人在店裡大聲叫囂，還用言語性騷擾鄰桌的女國中生，當下只有妳立刻過去制止對方。妳離職後，我曾問妳要不要來我朋友的店工作，但妳說妳已經找到一份家教工作。呂知歆說，當年妳教的那個男孩子，得知妳發生車禍，不僅找到妳的老家去，後來還考了妳那邊的大學，聽說他叫宋季麟？」

程郁沒料到他已經知道這麼多事，而且居然也知道男孩的存在，忍不住問：「你以前見過季麟嗎？」

「沒有，但妳跟我透露過，對方是十七歲的男高中生，妳很保護他的隱私，沒有告訴我他的名字。當我得知妳因為那場車禍，失去四年前的記憶，我有想到他，好奇他是否也知道這件事，當我這樣告訴呂知歆，她就說這四年來妳的身邊一直有個男孩子，是妳從前的家教學生，我便肯定是他。妳有宋季麟的照片嗎？我很想知道他的樣子。」

聽到這裡，程郁覺得讓他知道宋季麟的長相似乎也無妨，於是從手機裡找出她跟宋季麟上次去河堤運動的照片，遞給對方看。

劉謙凡凝神注視兩人的合照，不久問：「你們在交往嗎？」

「沒這回事，我把他當弟弟。」程郁一口否認。

「沒關係，如果你們交往的事是秘密，我不會說出去……」

程郁邊笑邊搖頭，再次澄清：「真的不是這樣，確實有人會誤會我們的關係，但我們沒有在交往，只是感情比較好的朋友。」

劉謙凡的眼神多了一分疑惑，「宋季麟不喜歡妳嗎？」

腦袋冷不防閃過宋季麟呵護她的種種回憶，程郁有一刻噎住了話，但她仍很快做出反應。「沒有。」

「妳為何這麼肯定？他親口跟妳說的嗎？」

「季麟沒跟我這麼說過，但我確信是這樣。季麟小我五歲，在大學裡很受女孩子的歡迎，不至於對我抱有那種心思。因為我以前照顧過他，他才會跟我親近。」

「這是宋季麟的想法，還是妳逼自己這麼想的呢？」

程郁再度語塞。

發現氣氛有些凝結，男人立刻放軟聲音，歉然道：「對不起，我說得太過了，不該用這種咄咄逼人的語氣問妳，我不是故意的，為了表示歉意，這餐我請客。」

「你用不著這樣。」她並不真的介意。

他微笑，「請讓我這麼做吧，坦白說，昨天聽到妳的事，我的情緒就激動到現在，可能因為這樣，我才不小心說出冒犯到妳的話，我會反省的。所以希望我們還能保持聯絡，就算妳不記得我，我仍想再和妳當朋友。」

劉謙凡誠懇的態度，讓程郁想不出拒絕他的理由，而且她其實也想再從他口中多知道一點那段空白的過去，於是答應了他。

兩人離開餐廳時，程郁和他近距離站在門口，再度嗅聞到男人身上的清香。

與宋季麟的清淺香氣不同，劉謙凡身上的玫瑰香氣更加濃郁沉穩。

按捺不住心中的強烈好奇，程郁用微微乾涸的聲音問：「那個，我發現你的身上有一股香味，那是玫瑰的味道嗎？」

聞言，劉謙凡驚訝看她。「妳想起什麼了嗎？」

「沒有，你為什麼這麼問？」她被他突如其來的反應嚇了一跳。

「喔……沒有，我大四的時候，我姊從國外買了這款玫瑰香水送我，我原本覺得味道太成熟，想過要換掉，但和妳一起工作後，有次妳聞到我身上的香味，也問我這是不是玫瑰的味道，我以為妳覺得反感，結果妳說這香水很好聞，很適合我，讓我很高興，此後再也沒想過換別的香水，一路用到現在。」

「因為我說你適合這款香水，你就再也沒換過？」程郁以為他在開玩笑。

劉謙凡的神情流露出一絲靦腆，「是啊，坦白跟妳說，其實呂知歆剛才說對了，跟妳共事的那段期間，我暗戀妳，所以聽到妳說我適合這款香水，我才那麼喜悅，甚至妳一離職，我也立刻隨妳離開。可惜的是，我很早以前就決定那年去澳洲遊學，所以無論如何都想在出發前向妳表明心意，結果妳就在那時失去了音訊，我們就這麼分別了，至今我依然覺得十分遺憾。」

男人此刻望著她的柔情眼神，讓程郁腦袋空白，一度回不出半個字。

呂知歆從百貨公司回來後，她們就此跟劉謙凡道別，回呂知歆的住處。

見程郁一整個下午心不在焉，彷彿有心事，呂知歆深知跟劉謙凡有關，在睡前向她問清楚。

許是一下子聽到太多驚人秘密，程郁有點負荷不了，在好友的強烈追問下，她忍不住將心中的煩惱如實吐出。

呂知歆聽完後，不可思議道：「也就是說，妳失憶前愛上的人，不是劉謙凡就是宋季麟，對吧？」

「應該吧，我現在腦子一團亂，不曉得到底是怎麼回事。」程郁將頭深深埋進手中抱的枕頭裡。

一分鐘後，呂知歆認真問：「郁，妳想聽聽我的看法嗎？」

她抬起映滿疲憊的雙眼，點點頭。「好啊。」

呂知歆清清喉嚨，認真道：「照宋季麟跟劉謙凡給妳的說法，妳是在四年前同時發現他們都有使用玫瑰味道的香水，可是妳寫在記事簿上的那句話，卻讓我覺得妳是針對某一個人。所以我認為，妳以前確實愛上他們其中一人，才會寫下那句話，但是那句話後來被另一個人看見了，當那人發現妳失去這段記憶，就故意把自己塑造成可能令妳動心的樣子，試圖混淆妳。換句話說，劉謙凡跟宋季麟這兩人，有一個可能對妳說謊，這是最合理的解釋。」

呂知歆的分析讓程郁呆住了。

「妳的意思是，他們其中一人說的那段過去，極可能是捏造的？」

「沒錯。」

儘管覺得十分荒謬，當下程郁卻想不出能反駁對方的說詞。

「假如妳的推論是正確的，那人為何要這麼做？」

「這還用說？當然是因為喜歡妳，才想盡辦法讓妳也對他動心啊。」呂知歆理所當然回。

「那……妳認為那人會是劉謙凡嗎？當他說出他從前喜歡我，我真的嚇了一跳，而且他看著我的眼神，我總覺得他對我似乎還有一樣的想法。」

呂知歆認真沉思，「坦白說，我覺得說謊的是宋季麟。」

「為什麼？」她意外。

「我也說不上是為什麼，只是當我知道宋季麟這四年來那樣守在妳身邊，卻不曾對妳表白過，我就覺得很納悶。從旁人的角度看，他對妳的態度，分明就是喜歡妳的；如果不是確定妳不會喜歡上他，至今他還不肯對妳坦白的理由是什麼？除了想繼續等到確定妳對他動心的那一天，應該沒別的原因了吧？」

「但季麟怎麼可能會對我說這種謊？」程郁下意識就想為男孩說話。

「郁，我不是因為認識劉謙凡才幫他說話，我知道你們早就把宋季麟當作自家人，所以能理解妳不希望我質疑他，但其實我也沒有完全相信劉謙凡說的話，只是跟劉謙凡相比，宋季麟的心思更讓我難以捉摸。只因為妳當過他幾個月的家教，妳出事後，他就不惜千里迢迢來找妳，還報考台中的大學，繼續留在妳身邊，光是這一點，我就覺得他對妳的執著，著實非比尋常。」

呂知歆語重心長說下去，「更重要的是，妳不覺得宋季麟很少對妳透露他自己的事嗎？妳之前告訴我，宋季麟說他的父母在妳出事的兩個月後就離婚，而且還是在妳妹的逼問下，他才說出這件事，除此之外，他有主動對妳分享過家裡的事情嗎？你們的關係這麼親密，但這四年來，你們有見過他的父母，或是知道他們在做什麼嗎？當然，或許你們是基於尊重跟體貼，才不過問這些隱私，但若站在我的角度，我會覺得我一點都不了解宋季麟這個男孩子，也會懷疑他是否有什麼秘密，才整整四年都對家裡的事避而不談。」

看著程郁此時的表情，呂知歆再度嘆息，拍拍她的肩膀。「我不是故意把話說得這麼嚴重，只是發生在你們三人身上的這件事，讓我覺得內情不單純。但我也不是想逼妳想起過去的事，我只希望妳能在發現真相前，仔細觀察宋季麟，看看他若知曉今天的事，會有什麼反應？」

呂知歆為她著想的真摯態度，讓程郁陷入更漫長的沉默。

隔天回台中的車程上，程郁收到宋季麟問她何時抵達的訊息，表示想去車站接她。

若是平常，程郁會馬上同意，但這次她看著訊息一分鐘，動手回覆臨時跟別的朋友相約，到台中後會直接去對方家，放下手機後，她用手指揉揉酸澀的眼睛，疲憊地嘆息。

這是她第一次這樣對宋季麟說謊。

回到家後，正在追影集的程蒨，很快察覺姊姊的神色有異，不久來到姊姊的房間，看見程郁坐在書桌前，桌上還放著那本記事簿，立刻猜到什麼，好奇問她發生什麼事。

「程蒨，妳之前說，除非四年前我還認識了另一個身上擦玫瑰香水的男人，否則我喜歡上的人應該就是季麟，對不對？」她看著妹妹。

「是啊，怎麼了？」

將這次去台北跟劉謙凡碰面的事，以及呂知歆的真心話告訴妹妹，程蒨的反應就跟她想像的一樣驚訝，最後卻露出不以為然的表情。

「我不認同知歆姐的說法，誰都有不想跟別人說的事，怎麼可以只因為季麟不願提家裡的事情，就懷疑他有秘密瞞著我們？我反倒認為這個叫劉謙凡的人比較可疑，如果你們四年前真的認識，當他發現妳突然聯絡不上，怎麼沒想過去妳家找妳？就算不知道妳的住處，要是他真擔心妳出事，也可以試著去妳的大學問，連季麟都知道這麼做，怎麼他就沒想到？身為朋友，又是自己喜歡的對象，照理說應該會想了解妳的一切吧？但他卻連妳讀哪間大學都不知道，妳覺得這有可能嗎？」

「也許四年前的我，真的沒有將這些事告訴劉謙凡，畢竟連知歆都說，當年我沒把跟劉謙凡在同家店上班的事告訴她。可能劉謙凡沒料到我是發生意外，加上他當時準備去遊學，應該很忙碌，會來不及在出國前找到我，也算情有可原。」

「就算是這樣，我還是認為不太合理。妳有劉謙凡的照片嗎？我想看看他長什麼樣子。」

想起昨天跟劉謙凡互加 LINE，有看見他的大頭照，程郁便把那張照片找出來給妹妹看。

程蒨看到照片，驚為天人，開她玩笑：「姊，他很帥耶，妳真厲害，居然同時讓兩個帥哥為妳傾心！」

「別鬧了，我現在真的很煩惱，不知道可以相信什麼。」程郁無奈闔眼，太陽穴隱隱作痛。

「什麼意思？姊，難不成妳現在真的在懷疑季麟？」

程郁有些心虛，馬上搖頭。「不是，其實我覺得妳說得對，不能因為季麟不想說家裡的事，就懷疑他有秘密瞞著我們，可是知歆的話，還是讓我開始有些不安。明明季麟在我們身邊這麼久，我卻不曾認真關心他家裡的生活，對他家人的事幾乎一無所知，這樣真是對的嗎？另一方面，妳跟知歆都認為季麟喜歡我，若真是如此，為何季麟從來沒有清楚對我表示過？難道真的像知歆說的，季麟認為我還沒有喜歡上他，才遲遲不開口的嗎？這真是季麟的想法嗎？當我反覆思考這些問題，就覺得自己對季麟的事，似乎還是不太清楚。」

察覺到她內心的混亂，程蒨問她：「姊，妳想弄清季麟對妳的真正心意嗎？」

程郁咬唇，「也不是這樣，只是經過昨天的事，我發現我其實沒有我想像中那樣了解季麟，尤其見過劉謙凡之後，我更想解開當年我寫下這句話的真相。」

聞言，程蒨望了她放在桌上的記事簿一眼，最後來到她的身後，將手放在她肩上。「姊，妳氣色很差，昨晚妳應該為這件事沒睡好吧？妳現在先睡一覺，別想太多，等腦袋清醒後再思考，吃晚餐時我再來叫妳。好嗎？」

眼看繼續想下去也沒什麼結論，加上她現在確實睏得不得了，程郁最後聽進妹妹的建議，睡醒之後再思考下一步。

三個小時後，程郁在妹妹叫她前就醒了，頂著清晰許多的腦袋下樓時，她聞到陣陣菜香，往廚房方向望去，發現宋季麟從程蒨手中接過一鍋熱湯，放在餐桌上。

發現她走近，宋季麟對她粲然一笑。「老師，我們正想說可以叫妳了。蒨姊說晚餐想煮泡菜火鍋，叫我過來吃。」

宋季麟來家裡吃飯，明明是再普遍不過的日常，程郁卻莫名有些失措，不曉得怎麼正常回應他。

三人和樂融融享用晚餐時，程郁用湯勺從火鍋裡盛起第二顆水煮蛋，放進自己碗裡，突然聽見程蒨發出一聲歡呼，把她嚇一大跳。

「我贏了，季麟，說話要算話喔。」程蒨語帶雀躍。

「沒問題，願賭服輸。」宋季麟笑回。

「你們在做什麼？」程郁滿頭問號。

「剛剛我跟季麟打賭，看妳今晚會吃下幾顆水煮蛋，我賭兩顆，季麟賭一顆。如果我賭贏了，季麟就要老實回答我一個問題。」

得知他們拿自己當賭注，程郁好氣又好笑，下一秒，程蒨就向對方發問：「季麟，我問你，你到底喜不喜歡我姊？」

程郁再度被嚇得心臟重重一跳，沒料到程蒨竟會直接這麼問，卻也立刻想通妹妹是因為不捨她繼續煩惱，才決定把話說開。

宋季麟也愣住了，他看了程郁一眼，坦言：「我是喜歡老師。」

程郁胸口一熱，頓時心跳加速。

「那你想跟她在一起嗎？」程蒨乘勝追擊。

這次宋季麟沉默的時間變長，他低應：「我其實沒想過跟老師在一起。」

「什麼意思？你不是喜歡她嗎？怎麼會沒想過？」程蒨瞪大雙目。

「因為比起是否能跟老師交往，我更在乎老師能否幸福；看到老師獲得幸福，對我而言比什麼都重要。如果可以，我希望能在老師遇見那樣的對象之前，陪伴在老師的身邊。」

「這是什麼話？難道你覺得自己沒能力給她幸福？你明明就喜歡程郁老師，卻又說希望她能遇到讓她幸福的對象，這聽起來不是很矛盾？太奇怪了吧？」

宋季麟的神色僵硬，遲遲沒有再多言。

程郁正想要制止妹妹，卻見程蒨不滿地繼續說道：「季麟，我們都很喜歡你，把你當我們家的一分子，我也早就沒把你當成小孩子，你若真心喜歡我姊，我是支持你的。但你現在說的話，讓我對你很失望，要是你從頭到尾沒那個意思，為什麼要不斷做出讓人誤會的事？你是會這樣玩弄別人心情的人嗎？」

程蒨的咄咄逼問，讓宋季麟一度心急，忍不住脫口吼出：「我沒有想要玩弄誰，我是真的喜歡程郁老師，但不可以就是不可以，我沒那種資格！」

第一次見宋季麟情緒失控，她們兩人都嚇到了。儘管宋季麟下一秒就道歉，程郁也馬上打圓場，這頓晚餐還是在無比尷尬的氣氛下結束了。

之後，程郁帶著宋季麟到附近公園散步，途中安慰他：「很抱歉，程蒨不是有意的，你別把她的話放在心上。」

「沒關係，不對的是我，我完全可以理解蒨姊為何生氣。」宋季麟神色黯然，「是我對不起老師，妳應該也很生氣吧？」

「我沒有生氣。」壓下心中的某種異樣情緒，程郁用自然鎮定的口吻問：「但老實說，我也不太能理解你方才說的那些話，你可以解釋得更清楚一點嗎？為什麼你會說，你沒資格跟我在一起？這句話有什麼隱情嗎？」

男孩沉默不語，似是有難言之隱，若是平常，程郁不會想逼他，但這次她卻嗅到不尋常的意味，讓她做不到繼續無視，於是認真勸：「我保證不管你說什麼，對你的想法都不會變，倘若你堅持對我隱瞞，我心裡可能也會有疙瘩，我不希望我們的關係變得尷尬。」

宋季麟動搖了，掙扎了半分鐘，才低聲開口：「老師是因為我，才會失去喜歡的人，所以我沒資格喜歡老師。」

她愕然，「這是什麼意思？」

聽完男孩接下來的說明，程郁才知曉那一段她不知道的內情。

當宋季麟家教的那段期間，程郁一開始給人難以跨越的隔閡感，但隨著與男孩相處的日子一久，兩人的關係也變得親近，最後程郁甚至願意向男孩透露，自己有一個心儀的對象，而且她知道對方也喜歡著她，但程郁沒有說出那人是誰。

那天她從宋家離開後，就發生了那場車禍，她不僅忘記心儀對象的一切，更失去能與對方在一起的機會。

程郁再也掩飾不住臉上的驚訝，「就、就算是這樣，你怎麼會說這都是因為你？又不是你讓那場車禍發生的。」

他搖搖頭，「是我造成沒錯的，若不是我媽聯繫老師的母親，老師的母親也不會找到我家，更不會在那天開車把妳載走，害妳發生車禍……」

程郁再次嚇到，「這跟我母親有什麼關係？季麟，請你把話說得清楚點。」

然而宋季麟什麼也沒再說，他眼圈一紅，用近乎懇求的顫抖嗓音告訴她：「對不起，老師，請妳別再問下去了。我不想要妳受傷，更不希望妳痛苦。」

男孩的神情就像是快哭出來，讓程郁再也不忍多問一句。

返家後，程蒨主動向程郁關心宋季麟，程郁表示他沒事，卻無法對她說出那場車禍的震撼內幕。

一下子聽到太多令她措手不及的消息，程郁思緒紊亂，坐在房間裡發呆時，聽到手機響了一聲，是劉謙凡傳來的。

劉謙凡說他有幾張兩人一起在咖啡廳打工的照片，問她想不想看？程郁很快同意，對方一下子傳來四張照片。照片裡的他們穿著同款圍裙，其中三張是跟一群同事的合照，還有一張是只有程郁跟劉謙凡二人的照片。

四張照片中，她跟劉謙凡都站在一塊，而且只有跟劉謙凡合照的那張，她的臉上有出現淺淺微笑，其他張都是表情淡漠，一點笑容也沒有。

看著自己在劉謙凡身旁微笑的照片，程郁五味雜陳，說不上此刻的心情究竟是什麼。

雖然程蒨相信她失憶前愛上的人就是宋季麟，但程郁始終難以想像，四年前的她真的愛上一個高中生，對方還是自己的家教學生。而這四年來，她也一直認定自己對宋季麟沒有友誼以上的想法，無論旁人如何煽動，她都不願正面看待。

直到聽見宋季麟說希望有其他人可以給她幸福，她的心裡竟一陣失落，甚至覺得受到打擊，這才發現自己其實在自欺欺人。

如今從宋季麟口中知曉那些驚人內幕，再看到劉謙凡分享給她的那張照片，程郁不由得認真懷疑，失憶前的她，愛上的可能是劉謙凡。

但比起這件事，另一件更重大的消息也令她惶惶不安。為何當年那場車禍會牽扯到宋季麟的母親？對方聯繫程母又是怎麼回事？這跟宋季麟四年來不願對她透露父母的事有關嗎？

她失憶後曾聽父親說過，從前她跟母親的關係惡劣，在台北讀大學的那幾年，她沒接過母親的電話，也沒有回家，更沒讓母親知道她在台北的住處。程郁大一時，程母去學校找人，在同學及師長面前大鬧一場，那天之後，程郁就開始準備轉學考，順利轉去別間大學，徹底擺脫母親的糾纏。

光從這一點，程郁就肯定當年絕不是她主動把能聯繫上母親的方法，告訴宋季麟的母親，那對方是怎麼聯繫到母親的？又是為什麼要聯繫她？

宋季麟究竟還隱瞞了她多少事？

一陣來電鈴聲，讓程郁猛然回神，發現劉謙凡直接來電，她很快就接起。

「抱歉，妳已讀我傳過去的照片後，就一直沒有回覆，我有點擔心是不是那些照片讓妳覺得不舒服，所以決定打來問問，希望沒有造成妳的困擾。」劉謙凡歉然說。

「沒這回事，我只是看照片看得太專注，才來不及回應你。」她啞聲回。

「那就好。不過，妳還好嗎？妳的聲音聽起來有點怪怪的，是不是真有什麼事情？還是妳有煩惱？」

劉謙凡的單刀直入，讓程郁語塞，而她的這段沉默，也讓劉謙凡確定是如此。「如果妳不介意，可以告訴我。雖然對妳而言，我只是個剛認識不久的朋友，但我還是希望妳能對我傾訴妳的心事，就當作是我遲來的彌補。」

「彌補？」

「是啊，過去不輕易對誰敞開心房的妳，曾有那麼一次，終於肯對我訴說妳心裡的話，然而我卻為了一個幼稚的原因，不僅沒能支持妳，還做出傷害妳的事，心裡一直很後悔。好不容易再重逢，我不會再重蹈覆轍，如果妳願意把我當朋友，就請試著再相信我一回吧。我保證，這次我一定會認真聽妳說。」

不知是因為劉謙凡的語氣過於溫柔，還是因為知道對方極可能就是自己過去心儀的人，聽了這番貼心話語，程郁的鼻頭沒來由一陣發酸，有點想哭。

那些充斥在胸口、不知道能夠對誰訴說的心事，最後就在劉謙凡的柔聲鼓勵下，從程郁顫抖的嘴唇一字字吐出。

聽完程郁和宋季麟發生的事，劉謙凡沉吟一會兒，接著開口：「程郁，妳週末有空嗎？我想去台中找妳。如果可以，請妳也把宋季麟約出來。」

「你為什麼想找季麟？」沒料到他會如此提議，程郁有些緊張。

「我想見見他，親口問他一些問題。不過在此之前，我希望妳能跟他說，我可能就是妳以前喜歡的人。要是妳真的想從宋季麟口中問出真相，就請妳助我一臂之力。」

儘管不明白劉謙凡打算怎麼做，但亟欲知曉真相的心勝過了擔憂，程郁最後答應了他。

隔天，她忐忑地傳訊息給宋季麟，將劉謙凡的事告訴了他，沒想到宋季麟三分鐘後就給她同意的回應，而且完全沒問對方為何想要見他。

週六中午，劉謙凡準時抵達約好的餐廳，與二人會合。

一見到宋季麟，劉謙凡立刻對他揚起友善的笑容，親切地主動與他握手。

明明是第一次見面，劉謙凡卻能輕易找出兩人都感興趣的話題，熱情地與男孩交談，讓這頓飯的氣氛不至於尷尬。只是用餐過程中，劉謙凡不時會在宋季麟面前，刻意對程郁做出一些略微親暱的舉動，比如在她低頭喝湯時，用手指輕輕撥開她垂落的髮絲，避免她的頭髮沾到湯汁，也會主動拿餐巾紙為她擦拭嘴角的奶油，甚至表示等吃完飯，就打算去程郁家裡跟程父及程蒨打個招呼，讓程郁快招架不住，反而宋季麟的態度始終平靜鎮定，看見他們的親密互動，臉上連一絲絲不悅都不曾有。

三人用完餐後，還不確定劉謙凡的下一步，程郁就見劉謙凡對她說：「程郁，不好意思，我有些話想單獨跟季麟說，妳可以先回家等我嗎？結束後，我會馬上跟妳聯絡。」

語落，劉謙凡微笑望向宋季麟，像在徵詢他的意見，宋季麟毫無猶豫就點頭，彷彿跟他有一樣的想法。

程郁先行返家後，完全沒心情做別的事，只能忐忑地等待，好奇他究竟想對宋季麟說些什麼。

兩個小時過去，程郁終於等到劉謙凡的來電。

通完電話，程郁即刻出門，驅車前往高鐵站，當她找到坐在大廳的劉謙凡，立刻奔了過去，發現他已經買好一小時後回台北的車票。

「怎麼回事？為什麼忽然決定回台北？季麟人呢？你們怎麼了嗎？」她緊張問。

劉謙凡深深凝視她許久，之後不顧四周人來人往，張開雙臂將她擁入懷裡，他身上的玫瑰香氣，立刻佔據程郁的意識。

「對不起，程郁。」

他在她的耳邊低聲說：「我現在，必須跟妳說一個故事。」

※　※　※

二〇一九年夏天，二十二歲的程郁因為與無理取鬧的客人起衝突，加上長期不滿店長的不當處置，決定離職。向來欣賞程郁做事態度的副店長，見程郁離職的心意已決，便不再加入勸說，還介紹一份薪水不錯的工作給她，迫切需要新的收入的程郁，聽完對方提供的工作內容，沒有考慮多久便答應了。

副店長有個認識多年的大學學長，正愁自己的十七歲兒子，升上高二後成績便一落千丈，希望能找一位優秀的家教，提升兒子的成績。程郁是國立大學學生，個性又嚴謹認真，副店長認為她能夠勝任，於是主動推薦了程郁。

第一次在那棟氣派華美的公寓見到宋季麟，程郁就注意到他很安靜乖巧，有著不符他年紀的陰鬱氣質。

宋父工作忙碌，大部分時間只有妻子跟兒子在家，偶爾有聘請的打掃阿姨來做清潔。

程郁的家教生活算很順利，主因是宋季麟對程郁的教學十分配合，但他就跟程郁一樣寡言，情緒不形於色，讓程郁以為他本來就這樣的性格，這對同樣不擅長與人交心的她來說其實省心不少，她只要專注於教課，不需要花心力跟男孩建立師生之外的關係。

她還有發現一件事，男孩的身上總是有一股香氣，聞起來像是玫瑰香水的味道，對此程郁有點意外，卻也沒當一回事，更沒想過揣測背後的原因，直到她意外撞見了那幕衝擊畫面。

來到宋家的一個月後，程郁有天結束家教工作，趕著去下一個行程，途中卻發現自己的記事簿不在包包裡，想到剛剛有在宋季麟的房間使用，應該是落在那兒忘記帶走，於是她用 LINE 詢問男孩，見對方沒回應，她決定回去找找看，是清潔阿姨幫她迎的門，阿姨表示宋季麟不久前在廚房沖冰咖啡喝，不慎灑了一些在身上，現在正在樓上洗澡，宋母也因為身體不適，在二樓房間休息。

為了不驚動那二人，程郁輕手輕腳上樓到男孩的房間，順利在桌上找到記事簿，正要靜悄悄離開，卻在經過浴室門口時，聽見某個熟悉的聲音，她走近門前凝神細聽，確定門後的那片沖水聲當中，有宋母模糊的笑語聲。

程郁傻住了。

宋季麟不是正在這間浴室洗澡？為何宋母也會在裡面？

最後，程郁鎮定地將記事簿放回男孩房間，並找了一個藉口，讓清潔阿姨隱瞞她有回來過的事，接著再傳一則訊息給男孩，告訴他下次上課時再拿回記事簿，請他幫忙保管。

離開屋子後，程郁的腦中全被這件事佔據，等回過神來，她人已經來到一間走工業風的咖啡廳，並聽見有人叫她的名字。

穿著店員制服，站在吧檯前的劉謙凡熱情跟她招手；他的眼前坐著一名身材火辣的女子，看見程郁到來，臉色立刻變得難看。

「不好意思，琳琳，我跟程郁有約，就不繼續跟妳聊了。還有，我們這裡真的已經不缺人手，所以妳別再白跑一趟，也別來找我了。」劉謙凡對女子莞爾道。

琳琳狠瞪程郁一眼，氣得當場抓起包包甩頭就走，程郁不想使用琳琳坐過的椅子，直接選了另一張椅子坐下。

「程郁，不是我叫琳琳來的喔，是她想到這裡上班，所以來問還有沒有再徵人。」劉謙凡再三澄清。

「我聽得出來，你不用跟我解釋啊。」程郁輕輕撇了撇唇角，從包包裡拿出一份包裝精美的禮物，遞到他眼前。「送給你，祝你生日快樂。」

「哇，謝謝！」劉謙凡感動地接過，這間店的店長這時冒了出來，故意說：「琳琳剛才送你生日禮物，好像沒見你這麼開心。」

「囉唆啦，別再提琳琳了！」劉謙凡要他別在程郁面前多嘴。

琳琳是程郁的前同事，她在有男友的情況下，對劉謙凡展開猛烈追求，而這種行為讓程郁對她產生反感，琳琳知道劉謙凡心儀的人是程郁，因此同樣看程郁極不順眼。

劉謙凡高中時就對程郁留下深刻的印象，幾年後在工作場合遇到，他開始積極接近她，當二人變成朋友，他便發現程郁是個有道德潔癖的人，像琳琳這種明目張膽背叛男友，還一點也不覺得自己有錯的人，就是她最厭惡的。

他曾經好奇造就程郁這種性格的原因，卻清楚不管對誰，程郁都不會輕易坦露自己，能和程郁有如此交情，已經是很不容易的事，要是越了界，程郁恐怕會毫不猶豫離他而去。

劉謙凡對程郁的心意，旁人都看得出來，然而劉謙凡不曾清楚對程郁表明過，因為他知道程郁還沒有對他心動。儘管如此，他仍有十足的把握，相信除了他，沒人可以真正走進程郁的心。

「程郁，妳要不要考慮把家教工作辭掉？雖然我們這裡人手確實足夠了，但只要妳願意來，我馬上為妳增加一個名額。」為了幫劉謙凡盡快追到程郁，店長大氣地做出這個提議。

聞言，宋季麟的面孔從程郁腦中一閃而過，她停頓了下，最後婉拒。「謝謝店長的好意，但我目前沒有辭職的想法。」

店長離開後，劉謙凡端了一杯咖啡拿鐵給程郁，惋惜道：「可惜找妳過來前，妳就已經有新工作了，既然沒有離職的想法，就表示家教工作很順利吧。」語落，他朝程郁的方向嗅聞了一下，好奇問：「程郁，妳今天噴了香水嗎？妳身上好像有一股玫瑰香味。」

程郁一凜，也低頭在自己的衣服上嗅了嗅，脫口說出：「我沒噴香水，可能是剛才幫學生上課時，被他的味道沾染上的。」

「妳說這是妳家教學生的味道？對方不是男生嗎？」他愕然。

「對，可能他就喜歡這個味道，沒說男生就不能使用玫瑰香水啊。」她輕描淡寫道。

儘管如此，劉謙凡的心裡仍湧上不好的預感。「妳說過對方是高二生吧？他叫什麼名字？讀哪間高中？」

程郁安靜喝下一口咖啡，才告訴他：「事關我學生的隱私，我不方便透露給你。」

雖然這回答聽來冷漠疏離，劉謙凡卻一點也不意外，畢竟他就是喜歡程郁嚴謹認真的這一面。況且他在擔心什麼？程郁怎麼可能跟自己的家教學生發生什麼事？劉謙凡在心裡嘲笑自己一番，用理性壓過那份莫名的不安。

※　※　※

下次來到宋季麟家，程郁偷偷問了清潔阿姨，得知宋母平常只讓她負責清掃一樓，因此阿姨從來沒有上去二樓過。

上課前，男孩主動把記事簿還給了她。看著他黯然空洞的眼睛，程郁不由得認為，這個男孩的安靜陰鬱，以及課業成績突然一落千丈，甚至是他身上那股香氣的來由，恐怕都藏著不單純的秘密。

「你有在擦香水嗎？」當程郁如此問他，宋季麟的眼中立刻出現一抹詫異。程郁若無其事道：「你的身上有玫瑰的香味。」

聞言，他僵硬地啞聲回：「是我媽給我擦的，她喜歡我擦這種味道的香水。」

「那你喜歡嗎？」

男孩搖頭。

過去程郁都是開著房門為他上課，也因此常發現宋母默默來到門前關注兩人的身影。原以為她只是比一般人更關心孩子的母親，現在看來並不是她以為的那種關心。

收到男孩的回應後，程郁二話不說關門並上鎖，又引來男孩訝異的眼神。

「你媽對你做的事，你爸爸知道嗎？」見他沒有立刻反應過來，程郁便說出那天回來拿記事簿的事，宋季麟當場面無血色，最後在程郁筆直的凝視下，紅著眼睛搖頭。

「除了這件事，她還會做什麼？」

「我媽她……在我爸沒回家睡的時候，會脫光衣服鑽到我床上，逼我也脫掉衣服。」他痛苦地道出這句話。

「她有侵犯你嗎？」

「沒有，就是會逼我跟她一起睡覺跟洗澡。」

「她幾時開始這樣的？」

「大概是我奶奶過世之後。我媽有很長一段時間身體不好，我爸也忙於工作，無暇照顧我，我從八歲到國中畢業，都是跟奶奶一起住，後來我媽身體好轉，我奶奶也跟我一起搬回這裡。去年我奶奶過世後，我媽就變得不對勁，會逼我讓她看手機，發現有女同學跟我互動密切，就直接叫對方跟我保持距離，之後就越來越……若我拒絕我媽，或是生氣，她就會哭得很傷心，甚至還會用頭去撞牆壁，自殘給我看，我真的不知道該怎麼辦才好。」他用哭腔說著。

「那麼，你媽媽每天在你身上噴香水，原因又是什麼？」

他想了一下，「……我媽說過，小時候我聞到她噴這種味道的香水，有讚美她很香，還說想變得跟她一樣香，要她也在我身上噴香水；後來我搬去跟奶奶住，她都是用這種味道思念我，想像我還在她的身邊，我想這就應該是原因吧。」

聽完這些，程郁不確定宋母是否因為長年與孩子分離，結果對宋季麟產生異常的執著和獨佔欲，進而演變成最扭曲的母愛，她只在看見宋季麟心力交瘁的模樣之後，確定一件事，就是不能讓他繼續承受這種折磨。

這天宋母發現程郁將門鎖起來上課，程郁離開時，宋母送她到門口，問她為何要如此做。面對外表端莊優雅的宋母，程郁也不隱瞞，冷冷道出她所發現之事，為了不讓宋季麟被責怪，她謊稱男孩還不知道她已經發現了，希望宋母能就此停手。

「妳有證據嗎？」宋母問她的口吻，冷靜到令人不寒而慄。

「有的，在我撞見那一幕，就用手機清楚錄下您在浴室裡跟季麟說話的聲音。當我發現您做的事，就肯定季麟的成績跟之前會有如此大的落差，主因就在您身上。」程郁面不改色地虛張聲勢，「在我解除對您的懷疑前，我會繼續鎖門上課，請您別藉故要求季麟讓我改變心意，只要我感覺到您有在脅迫季麟，或是發現季麟的失常情況依舊沒變，就會把證據交給您丈夫，讓他知道您對季麟做的事。」

宋母默然片刻，「妳根本不懂做母親的心情。」

「我是不懂，可我非常明白，當母親無視孩子的心情，不斷做出嚴重失格的行為，會對孩子造成多大的陰影跟傷害。倘若您是真心疼愛季麟，就請您用一個正常母親會有的態度對待他。」

程郁對宋母的警告，成功扭轉宋季麟的處境。

男孩的眼神不再陰鬱，個性漸漸變得開朗，還讓程郁第一次看見他的笑容。

宋季麟打從心底對她展露燦爛笑顏的模樣，讓程郁沒來由地鼻酸，湧起想哭的衝動，彷彿在內心深處有個傷口，也隨著男孩的笑容而獲得救贖。

有次男孩好奇為何程郁要這樣幫助他，程郁鬆口坦言，她的母親也做過傷她極深的事，而且始終不曾放棄繼續折磨她，所以她不惜一切也要逃離母親，這份創傷讓她至今還是會在惡夢中醒來，自然不忍讓宋季麟也活在這樣的痛苦裡。

某日上課，宋季麟解題到一半，發現程郁疲倦到低頭打起瞌睡，他悄悄握住她的手，將臉湊近她，最後如蜻蜓點水般，輕輕吻上她的臉。

「程郁老師，我喜歡妳。」他在她耳邊柔聲低喃，「如果妳又做了惡夢，這次換我守護妳，所以請妳別怕。」

只是在閉目養神的程郁，十秒鐘後緩緩睜開眼睛，望向回頭繼續解題的男孩，他的耳根染上一片鮮明的紅。

那雙手的溫暖，以及那句堅定的耳語，深深撼動了程郁冰冷的心，也讓她第一次清楚聽見自己的心跳聲。

從每天一睜開眼就會想著男孩的事，如今她終於不得不承認，宋季麟對於她的意義已經不同，而這份心情卻也讓她陷入另一個痛苦之中。

程郁的動搖，劉謙凡也察覺到了。

強烈的不祥預感，讓他立刻決定把程郁找出來，向她表明心意。

「程郁，妳應該也有察覺到，我喜歡妳，妳可不可以做我女朋友？」

「抱歉。」她低語。

見程郁幾乎沒有猶豫，劉謙凡深呼吸，鎮定問：「為什麼？可不可以告訴我理由？」看她遲遲沒反應，他溫聲說：「程郁，如果妳當我是朋友，就跟我坦白吧。要是妳說不出口，那就用寫的告訴我。」

隨口說出的這一句話，竟讓程郁真的照做了，她拿出自己的那本記事簿，緩慢地在其中一頁寫下一行文字，再交給他看。

我愛上了有玫瑰香氣的那個人。

劉謙凡眼前一黑，動也不動。「妳是說，妳喜歡上妳的家教學生，那個高中生？」

程郁默默點下頭。

她那始終無動於衷的面容，刺激到了劉謙凡，當下再也壓抑不住排山倒海的情緒，悲憤和嫉妒徹底吞沒了理智，讓他什麼也顧不得，只想狠狠傷害眼前的這個人。

「我對妳有點失望，程郁。」他的怒火有多強烈，語氣就有多冰冷。「我其實挺欣賞妳那強烈的道德感，所以我一直以為，妳絕對不會容許自己發生這樣的事。雖然這也不是什麼傷天害理的事，但我會想起妳對琳琳的態度。琳琳的行為雖然有違道德，可是至少她坦蕩蕩，不怕別人怎麼說她，始終勇敢忠於自己的欲望：而妳，拿高標準看待別人，如今卻違背自己的原則，說一套做一套，我不覺得妳有資格鄙視琳琳，因為在我看來，妳這種行為，比琳琳還不如。」

劉謙凡說完就頭也不回離去。

那天之後，劉謙凡沒有再聯繫她。

兩週後，程郁從共同友人那裡得知，劉謙凡已從咖啡店離職，前往澳洲遊學。

※　※　※

眼看宋季麟的生活已回歸正常，成績也有了起色，程郁便決定結束這份家教工作。

準備向男孩開口的那天，男孩以成績進步為由，想向她提出一個比較私人的問題作為獎勵，程郁答應了。

「老師有喜歡的人嗎？」

「有。」

「那對方也喜歡妳嗎？」

她看著他的眼睛，「嗯。」
「妳怎麼知道？對方跟妳告白了？」
「對。」
「……是喔。」宋季麟抿唇，眼底藏不住失落。
「季麟。」她深呼吸，「我有事要告訴你，但在那之前，我想給你一個東西。」
從包包裡拿出一盒全新的玫瑰香水，程郁說：「這是我最近開始使用的香水，和你母親讓你用的那款味道不太一樣，我把它送給你當作紀念，如果不喜歡，不用也沒關係。」
以為宋季麟會排斥，沒想到他二話不說接過那盒香水，喜悅地保證：「謝謝老師，我會使用的。妳要告訴我什麼事？」
程郁開口前，門就被敲了兩下，宋母站在門外，用溫婉的笑容說有客人來找她。
看見站在一樓客廳的女人，程郁的心臟在瞬間凍結，臉上血色褪盡。
一副慈母模樣的程母，上前給女兒一個熱烈擁抱，最後在她耳邊說：「如果不想讓別人知道，妳拐騙人家的寶貝兒子，現在就乖乖跟我走。」

在程母的淫威下，程郁強作鎮定回房間收東西，沒讓宋季麟察覺異狀，直接坐上程母開來的車離開。

「是我學生的母親告訴妳我在這的？」

在客廳見到程母的那一秒，程郁就立刻猜到這個可能。

「是啊，她打了家裡的電話，說妳對她兒子洗腦、勾引她兒子。」程母露出輕蔑的笑，把自己的手機拋給她看，程郁點開螢幕的影片，發現是她在宋季麟房間打瞌睡，男孩偷偷親吻她面頰的畫面，當場臉色鐵青。

「妳不是很了不起嗎？不是因為瞧不起妳媽，不惜用盡各種辦法也要逃離我嗎？結果妳自己偷偷摸摸幹了不入流的事，妳跟我有什麼不同？」

程母的每一個字都如同針往她心裡扎，程郁強忍住淚水，冷言：「停車。」

「不，我會帶妳回家，讓妳爸爸還有妳妹知道，妳對一個未成年孩子做了什麼。我會把妳做的骯髒事通通說出來，讓妳再沒臉見人！」程母大笑，重重踩下油門，加快車速。

「我不會跟妳回去，給我停車！」程郁尖叫，猛然抓住方向盤，母女在車裡扭打起來，最後程母一個轉彎，車子失控撞上電線桿。

兩人昏迷後，不久整輛車子便轟然起火。

※　※　※

「對不起，程郁。我現在必須跟妳說一個故事。」

——四年前的真相就是這樣，抱歉我騙了妳。

我自尊心高，不甘心輸給認識妳才三個月的小鬼，所以對妳口出惡言。我出國半年後，我想跟妳道歉，但聯繫不上妳，我以為妳把我封鎖了。加上疫情嚴重，我過很長一段時間才返台，那時也放棄了找妳的念頭。

沒想到後來我遇到呂如歆，得知妳跟宋季麟的事，我又做了一件不成熟的事，在和妳重逢的那天，故意噴上玫瑰香水，看看妳會有怎樣的反應。

即使妳失去記憶，妳還是愛上了宋季麟。

剛剛讓妳先回去後，我故意讓季麟以為當年妳愛上的是我，我跟他說，只要他說出當年的真相，我就會讓妳幸福，於是他就告訴我了。

發現當年來家裡找妳的人，其實是妳母親，季麟就猜到是她母親在搞鬼，最後在房間裡找到一台隱藏式監視器，得知妳在那天出車禍，失去記憶，季麟就決定把母親的所作所為告訴父親，他的父親因此跟妻子離婚，現在季麟已經沒有跟他母親聯絡了。

知道當年的事，再看到季麟這四年都守在妳身邊，我確定自己真的比不上他，輸得心服口服；他讓我很感動，也不忍再看他因為對妳心懷愧疚，決定將幸福拱手讓人，所以我很慶幸能再遇到妳，讓妳知道這些事實，我相信這就是我們重逢的意義。

我想再跟妳說一次，真的很對不起。今後不管妳做什麼選擇，我都會支持妳。

程郁，這次妳一定要幸福。

※　※　※

劉謙凡離開後，程郁繼續獨自坐在高鐵大廳，過了好幾個小時，呂知歆打給了她，說劉謙凡已經告訴她整件事的經過。

「妳還好嗎？」聽到高鐵的廣播聲，呂知歆問：「妳在高鐵站？」

「對，送劉謙凡回台北後，我留下繼續想事情。」程郁話聲沙啞，「知歆，我想起以前的事了。」

「真的？妳恢復記憶了？」她吃驚。

「嗯，聽完劉謙凡告訴我的事，我就想起了很多，雖然還有一些空白的片斷，但大致都想起來了。如果沒跟他重逢，我可能這輩子都不會知道這個真相，更不會知道季麟為了我犧牲多少事。」

呂知歆在另一頭沉默許久，用略帶鼻音的聲音說：「快去季麟身邊吧，把妳心裡的話通通告訴他，不要再讓他繼續等待。還有對不起，我不該質疑他對妳的真心。不管誰說什麼，這次妳絕不能再錯過他，妳一定要幸福。」

結束通話後，程郁也收到了程蒨的訊息，說她又找宋季麟來家裡吃晚飯，問她何時回去。

回傳「馬上回去」這四字，程郁就快步離開高鐵站，搭上計程車回家。

見到男孩後，她第一句話應該說什麼？

是謝謝、還是對不起？

直到進家門前，程郁都在思考這個問題，但看見男孩的那一刻，她卻發現她真正想做的，並不是告訴他這些話。

「老師？妳怎麼了？」

發現她眼眶濕潤，宋季麟開口關心她。

程郁沒回答，直接大步來到他面前，在父親和妹妹的眼前吻上他的唇，引起兩人的驚呼聲。

對方身上的玫瑰香氣，讓程郁想了起來，那是從前她想留在男孩身上的氣味。

她想讓男孩身上擁有跟她一樣的味道，如此一來，即使兩人分離，她仍會覺得男孩始終在她身邊。

但是現在，她知道自己再也不需要這麼做了。

The End

後記

〈喜歡的模樣〉

大家好，我是Misa，很開心又在合集與大家見面啦。

這一次的主題是「香水」，我的腦中一直浮現五月天的香水歌詞，又想起了之前的影集香水。

到底我該寫些怎麼樣的香水故事呢？

這時候腦中又浮現〈香水有毒〉，你身上有她的香水味～

如果說，香水不是另外噴出的芳香，而是自己身體散發的味道呢？

不知道大家有沒有這樣的體驗，能聞到每個人身上有屬於自己的香氣，那並不是香水、也不是衣物柔軟精，而是每個人身上獨特的體味。

這種味道在進去對方的房間時會最明顯，我記得自己的表姊身上就有種獨特的香味，進去她的房間時，滿滿都是她的味道（聽起來怎麼有點變態XD）。

於是，便寫出了這樣的故事，幫氣味額外添加了一些意義，如果說情緒是有味道的，當你在表達喜怒哀樂時，那又會是怎樣的味道呢？

在創作這一篇故事時，我自認為用了不太一樣的寫作方式，不知道大家有沒有感覺到。

且此篇作品是在我生完大橘子之後所創作的，要是大家能夠喜歡，那就太好了。

很期待在下一本合集再與大家見面，在此之前，就請大家聞一聞那獨特的，關於喜歡的味道吧！

Misa

〈喜歡是一種味道〉

很開心能再次與三位大大合作，在相同的主題下發展出截然不同的故事，在動筆前就非常期待會碰撞出什麼樣的火花；正如同我們每個人，走著走著便譜出了各式各樣的人生。

能透過別人的眼描繪出不一樣的景色，是我認為創作最有趣也最吸引人的地方。也希望，從我手中遞出的故事，能讓大家看見不一樣的風景。

Sophia

〈尋香〉

甜甜的愛情合集又出現了！日常我的男女主都是在各種妖魔鬼怪、血腥殺戮中抽一點時間撒點糖，每顆糖體結晶都還帶著危險跟鮮血，終於有那麼一時半會兒，能來個日常的愛情了。

這次構思香水為題，我第一時間鼻間就彷彿聞到了那甜死人的香氣，濃郁且永遠不散的店面——是的，忠孝復興站那間已經不在的 SASA，那間單單從走廊經過，就能香到人頭昏腦脹，但那是個陪伴多年的回憶，所以便以那間店為起點了。

每種香水聞起來是一種味道、但在每個人身上又會散發出不同的氣味，這其實很奧妙，所以即使人人都買同一牌的香水，但當使用後，立刻就成了每個人獨一無二的氣味了。

淡淡的香味其實很怡人的，有時想著或許也能當一種禮貌，畢竟我們都不喜歡臭氣沖天的氣味，倒不一定要噴香水，但我還是希望有一天大家都注重身上的氣味，至少讓我們在大眾運輸裡能有點呼吸的空間吧！

最後，感謝購買本書的您，購書才是對作者最實質且直接的支持，沒有您們的購書，作者便無法繼續書寫，萬分感謝、銘感五內！謝謝！

願大家今年都能一路甜！

笭菁

〈他的玫瑰香氣〉

之前的兩部合集皆以情人節為主題，這次走不一樣的路線，發揮空間也更大了。

〈他的玫瑰香氣〉加入所有我喜歡的元素：失憶、懸疑、愛情，最困難的還是字數控制，原以為不會超過兩萬，寫完後卻直接超過字數上限。即使有了兩次短篇合集的經驗，短篇小說的挑戰性依舊更甚長篇，需要繼續磨練，哈哈。

按照作者本人的習性，這次免不了又要虐主角一番，但或許是受到疫情影響，近期我也開始喜歡透過快樂的結局解解悶，想多給讀者一些沒有遺憾的圓滿結局，希望這篇故事能給你們這樣的感受。

很開心今年又能跟三位老師合作，更謝謝你們購買了這本書，期待下次再為你們帶來幸福的故事。

新的一年，祝大家健康平安，開開心心。

晨羽

All about Love / 39

相愛的瞬間

國家圖書館出版品預行編目資料
相愛的瞬間 ／ Misa、Sophia、等菁、晨羽 著.
— 初版. — 臺北市 ： 春天出版國際, 2023.03
面；公分. —（All about Love ；39）
ISBN 978-957-741-644-5（平裝）
863.57　　112000536

ISBN 978-957-741-644-5
Printed in Taiwan

作　者　Misa、Sophia、等菁、晨羽
總編輯　莊宜勳
企劃主編　鍾靈
責任編輯　黃郁潔

出版者　春天出版國際文化有限公司
地　址　台北市大安區忠孝東路四段303號4樓之1
電　話　02-7733-4070
傳　真　02-7733-4069
E－mail　frank.spring@msa.hinet.net
網　址　http://www.bookspring.com.tw
部落格　http://blog.pixnet.net/bookspring
郵政帳號　19705538
戶　名　春天出版國際文化有限公司
法律顧問　蕭顯忠律師事務所
出版日期　二〇二三年三月初版
定　價　310元

總經銷　楨德圖書事業有限公司
地　址　新北市新店區中興路二段196號8樓
電　話　02-8919-3186
傳　真　02-8914-5524

Moment of Falling in Love

Moment of Falling in Love